Andrea Barrios

1ª edição / Porto Alegre-RS / 2022

Capa: Marco Cena
Produção editorial: Maitê Cena e Bruna Dali
Produção gráfica: André Luis Alt
Foto da autora: Sofía Rodríguez

Dados Internacionais de Catalogação na Publicação (CIP)

B276a   Barrios, Andrea
        Albertina Belmonte. / Andrea Barrios. – Porto Alegre: BesouroBox, 2022.
        144 p. ; 14 x 21 cm

        ISBN: 978-65-88737-71-2

        1. Literatura brasileira. 2. Romance. I. Título.

        CDU 821.134.3(81)-31

Bibliotecária responsável Kátia Rosi Possobon CRB10/1782

Copyright © Andrea Barrios, 2022.

Todos os direitos desta edição reservados a
Edições BesouroBox Ltda.
Rua Brito Peixoto, 224 - CEP: 91030-400
Passo D'Areia - Porto Alegre - RS
Fone: (51) 3337.5620
www.besourobox.com.br

Impresso no Brasil
Julho de 2022.

Liberdade é pouco.
O que eu desejo ainda não tem nome.
Clarice Lispector

01

Albertina Belmonte deixou o livro que acabava de ler sobre o mármore rosado da mesinha de cabeceira. Sentada na beira da cama, pôs-se a contar as respirações de sua avó Graciana. O médico fora muito claro: velhice pura e simples. Observou o semblante pálido. As mãos, antes sempre inquietas, fervilhantes, agora estavam inermes sobre o lençol limpo e cheiroso de sabonetes fechados em gaveta de cômoda. Observou cada ruga que sulcava seu rosto, verdadeiras linhas da vida. "Que cigana teria coragem de lê-las?", pensou, enquanto observava como Graciana se abandonava a um sono cada vez mais pesado, que brigava sutilmente com a morte.

As pausas longas demais entre respirações deixavam Albertina sem fôlego e com vertigem de precipício. "Agora ela vai", pensava com susto e um pouco de alívio, amassando a blusa com a mão fechada à altura do coração. Sentia-se má por desejar-lhe a morte, porém logo se perdoava. Era o tempo, clepsidra feroz, quem fazia que Graciana partisse tão lentamente e provocasse nela esse piedoso e urgente desejo de morte.

Esfregava as mãos sem saber o que fazer com elas. Herdara a mesma inquietude da avó Graciana. Do avô Roberto tinha o mesmo desassossego de ideias. No entanto, naquela noite, tudo que brotava em sua imaginação logo morria. Estava ocupada demais preparando-se para receber a morte que se aproximava.

O silêncio da casa era rompido pela respiração entrecortada de Graciana e o ronco de seu pai, Mário, que desde o outro lado da casa chegava-lhe como marteladas. Jamais entendeu como sua mãe, Gertrudes, podia dormir com tamanho barulho.

Tentou ocupar as mãos, ajeitando mais uma vez as de sua avó sobre os lençóis. Mais para cá, mais para lá. Era uma tarefa curta demais. Logo ficava sem ter o que fazer. Por falta de ideias, procurou alguma coisa para se ocupar.

Enquanto se deixava estar em câmera lenta no quarto da avó, pôs-se a escutar com mais atenção. Entre respirações e roncos longínquos, sentiu como se a casa gemesse. Decidiu então sair por um momento, descansar da pestilência da cânfora misturada ao perfume do mate que esfriava, e percorreu os corredores adormecidos. No meio da escuridão, foi lembrando do passado tão recente e, ao mesmo tempo, distante. Eram essas lembranças as que gemiam em sua alma. Com cuidado foi recolhendo as evocações da infância no campo, úmidas e esquecidas, como se alguém as tivesse deixado nos cantos da casa.

Na sala de jantar, Albertina aproximou uma poltrona à salamandra e sentou-se para esquentar os pés. Tirou os sapatos e sentiu a ardência incômoda das pontas dos dedos gelados. Com os cotovelos sobre os joelhos, no abraço do calor algodoado que o ventre de ferro da salamandra propagava, observou como as lembranças, à medida que foram secando, deixaram de gemer para respirar a plenos pulmões.

02

A família viera de Duraznito. Mário, que importava trilhadoras, pensou que a vida no pampa havia se tornado pequena demais quando os pais envelheceram e as crianças cresceram. Foi assim que, da noite para o dia, Albertina viu-se ajudando a colocar todos os pertences da família em malas e baús para irem todos para Montevidéu. "Precisamos de mais médicos e professores", escutou o pai dizer ao vô Roberto, que teria ficado, não fosse a insistência de seu único filho. Ela nunca esqueceu o último abraço que o irmão, Florêncio, deu ao ladrão de gado que o levava para andar a cavalo quando tinha apenas quatro anos.

Era ampla a casa que compraram com o dinheiro da venda das terras, tratores e cavalos. A sala de estar era coroada por uma linda claraboia que, chuva ou sol, proporcionava uma claridade lunar. Tinha quatro quartos. As portas de madeira escura e vidro a modo de janelas, eram de duas folhas. A privacidade dependia de cortinas de tule e venezianas. Albertina adorava aquelas portas.

As novidades encheram as tardes, ainda que continuasse sentindo saudades do campo. Não havia jardim, nem pátio nem respiro. Saía-se direto à rua em declive pelo corredor de entrada revestido de mármore branco, com três degraus no meio do caminho. Tudo quadrado demais, desbotado demais. Já não era possível perder a vista no horizonte e descansá-la sobre as coxilhas. Quando pôs os pés naquela casa, mesmo tendo recém completado onze anos, soube que sua vida se emparedava. Teve a sensação de que o mesmo acontecia com a família, menos com vó Graciana, que voltou a ter no olhar o brilho de lantejoulas que vira tantas vezes quando ainda viviam no campo.

Assim que a família se instalou no sufocante lar, Mário começou a fazer pequenas viagens semanais a Las Piedras e Santa Lucía, para tratar das importações de máquinas agrícolas na região. No início chegava raivoso, porque, segundo ele, as estradas de chão batido da campanha cansavam menos que o asfalto, mas pouco a pouco foi-se entediando de tanto queixar-se. Vinha taciturno, com o olhar grave, sem expressar nem raiva nem qualquer alegria por finalmente estar em casa. Albertina recebia-o com culpa. Quando o pai abria a porta da rua, o ambiente da casa pesava. Seu bom ânimo quebrava-se e a angústia a dominava. Foi sempre assim, desde que se haviam mudado, e com a passagem dos anos crescia nela o desejo de que chegasse tarde ou que simplesmente não chegasse. Mas não dizia nada. Seu silêncio a protegia.

Entre as idas e vindas de Mário, Gertrudes estava sempre ocupada com os afazeres da casa, que lhe exigiam muito mais do que aqueles da casa no campo. Apesar de não haver terra vermelha nem lama, a poeira urbana abundava. Era um pó que grudava nas superfícies úmidas e as acinzentava. Passou as primeiras semanas com o espanador debaixo do braço, reclamando da sujeira. Quando chegou à conclusão de que o espanador não era mais que uma forma de fazer a poeira dançar, que tentar tirá-la totalmente era uma tarefa inútil, deixou-o descansar, com as penas para cima, equilibrado sobre uma banqueta no canto da cozinha.

Florêncio era dois anos mais novo. Quando se tornou homem o suficiente, Mário comprou-lhe um antiquário a três quadras de onde viviam. Foi a maneira sutil de lidar com sua delicadeza, que se ajeitava com perfeição entre porcelanas e cristais. Florêncio, então, ocupou-se do inusitado ofício com maestria e, com muito estudo, dedicou-se também à joalheria. Aproveitou os momentos em que o antiquário ficava vazio de clientes para aprender sobre metais e pedras. Voltava para casa respirando amplo, caminhando suave, dando a impressão de que mal roçava o piso com as solas de seus sapatos de verniz. Dizia, com gestos de pluma ao vento, que com esse trabalho se sentia mais perto da terra, como nos tempos do campo. Albertina não o entendeu no começo:

— Maninha, os metais e as pedras vêm da terra para enfeitar pescoços, orelhas e pulsos. Da terra! Percebes?

Albertina ajeitou-se como pôde aos ritmos da capital. Depois de terminar os estudos, dedicou-se a costurar com a avó. Era o pouco que as mulheres da casa podiam fazer, já que Mário, além de tratores e trilhadoras, dirigia cada suspiro da família com sua moral pesada. "Mulheres dentro de casa", cresceu ouvindo seu pai dizer. Ao longo dos anos, ele imperou com o consentimento de Gertrudes e Graciana, que, em sua ausência, eram as guardiãs da ordem estabelecida por ele.

O cesto de costura era um bom pretexto para pensar e sonhar. Apesar disso, Albertina não se conformava com tão pouco e cada vez menos aceitava que o pai decidisse sobre todos os detalhes da vida naquela casa. Sentindo o barulho da máquina que mordia o tecido com a agulha, ela mastigava ideias. Quando marcava os tecidos com o giz de ponta arredondada, fazia de conta que traçava outros rumos para sua vida, longe dali.

O velho rádio de galeno que vó Graciana trouxera de Duraznito cuspia música alternando entre os Beatles, os recém estreados Bee Gees e as milongas, que se sobrepunham ao sutil *shhk shhk* da tesoura afiada cortando o tecido. O quartinho era seu mundo, mas ela o achava estreito demais. Nos momentos em que cessava a conversa com a avó, deixava que o olhar escapasse pela janela para chegar apenas até o armazém da esquina.

Quando costuravam, vó Graciana, descansando a agulha e com a vista perdida no nada, contava-lhe histórias de vô Roberto, que desaparecera dois meses depois da chegada a Montevidéu. Em sua curta estada na cidade, a única coisa que fez foi descarregar os baús, as caixas, uns poucos móveis no sótão e trancar-se com chave como era seu hábito.

Albertina conhecia muitas dessas histórias, porque o próprio vô Roberto havia contado ou porque ela mesma tinha vivido com eles. Procurava não dizer nada para vó Graciana. Ela a escutava num esforço vão de não interromper, porque era uma forma de reviver o avô.

Também contava histórias de quando Roberto e ela eram jovens, e sempre deixava incógnitas a meio caminho. Graciana, de passado incerto, vinha de algum mundo de Buenos Aires, e ele havia sido um boticário de San Leo, um povoado italiano, perto da costa de Rímini. Mas em que circunstâncias haviam se conhecido? Como acabaram em um páramo como Duraznito?

Mesmo que gostasse das histórias da avó, com frequência discutiam. Albertina tinha ataques de raiva memoráveis, como os de Graciana em outros tempos, cada vez que suas perguntas recebiam respostas nebulosas. Colecionava-as como um requintado entomólogo. As curiosidades ficavam alfinetadas na almofada como uma coleção de borboletas desesperadas por voar. Quando os rompantes começavam, era o momento de terminar a costura. A avó fechava o cesto, levando consigo as perguntas da neta.

— Basta de interrogatórios por hoje.

Já completara vinte e seis anos e vivera tão pouco. Tinha a sensação de que a avó, com a mesma idade, chegara muito mais longe. Essa impressão fazia com que quisesse mais. Apesar de o protesto de Miss América ter ocorrido fazia alguns anos, e de naquela casa não ser permitido queimar sutiãs, crescia nela o desejo de não passar a vida na frente de um quieto e por vezes conturbado cesto de costura de vime.

03

Na sala de jantar, tão cinza como a poeira que havia em toda a casa, Albertina sorriu nostálgica frente ao fogo que lhe pintava o rosto de um alaranjado vivo. Nutriu-o com dois pedaços de lenha, fechou a salamandra e continuou com seu passado.

De repente, voltou à tarde em que abriu a mala de couro ressecado que Graciana escondia debaixo da cama, quando ainda moravam em Duraznito. Conseguiu abrir as fivelas enferrujadas que a apertavam sem piedade, e a tampa caiu pesada para trás. Ficou fascinada com o tesouro oculto: um vestido de lantejoulas vermelhas como jamais vira (de um tamanho minúsculo para as formas redondas da avó), um leque de penas, enfeites para o cabelo e um pequeno binóculo de bronze com detalhes em madrepérola.

Diante dessa lembrança, dentro do cesto de costura, uma das borboletas presas na almofada bateu asas quase a ponto de sair voando com alfinete e tudo. Talvez fosse a resposta a uma de suas perguntas mais frequentes: em que circunstâncias os avós se conheceram em Buenos Aires?

Naquele então, em meio do nada atapetado de verde e ocre onde nasceu, as lantejoulas não eram muito conhecidas.

Albertina jamais conhecera uma até que abriu a mala. Como brilhavam! Os lampejos, sim, conhecia. Vira-os muitas vezes no olhar da avó, quando se punha no parapeito da janela a contemplar as coxilhas ao longe. Anos mais tarde encontrou o mesmo brilho de lantejoulas em seu olhar quando se mudaram para a cidade. Ela, que brincava ao lado da casa, debaixo da janela, tinha a sensação de que a avó viajava para alguma recordação longínqua. Perdida nos confins da memória, Graciana sorria para o passado com nostalgia, e a menina sorria também, como se juntas pudessem embarcar no trem das lembranças.

O avô Roberto era o único que deveria saber de seu paradeiro quando perdia o olhar, pois provavelmente desse mesmo lugar ele a tirara muitos anos antes para trazê-la para o campo. Foi na época em que viajava com frequência a Buenos Aires, para visitar boticas escondidas no bairro Montserrat. Em sua imaginação pueril, os avós atravessaram o Rio da Prata e depois galoparam todo o pampa em apenas um cavalo até chegar a Duraznito. A avó, é claro, fizera a longa viagem com o vestido de lantejoulas vermelhas, penteada de festa e com o binóculo dentro da bolsinha de contas prateadas que sua fantasia acrescentou para enfeitar a aventura.

— Me dá água, minha filha.

A surpresa de sentir a voz fraca de Graciana fez com que caísse bruscamente no presente. Deixou o passado ao redor da salamandra e entrou depressa no quarto, enfrentando com o nariz o golpe de cânfora e mate. Ela lhe alcançou o copo, ajudando a equilibrá-lo sobre os lábios murchos para sorver um pouco de líquido. Queria sua avó de volta, tal como era antes. Queria perguntar-lhe a respeito da mala. Era provável que já não se importasse em responder. No entanto, fazer qualquer averiguação seria admitir um atrevimento, e Graciana não teria forças sequer para repreendê-la. Preferiu ficar com a história da travessia que ela mesma inventara.

Quando já não quis mais água, a velha tornou a fechar os olhos sem brilho, deixando Albertina outra vez na solidão. Eram quatro horas da manhã. Que melhor companhia do que as lembranças ao calor da estufa? Tornou a estar com a Graciana de antes e os demais pretéritos da família.

Dessa vez, encontrou-se com o temperamento forte da avó e as broncas com o avô, a quem amava e odiava com a mesma paixão. Graciana tinha um ciúme louco do pequeno galpão que Roberto construíra atrás da casa com a ajuda de alguns paisanos. Apenas ele entrava ali, onde passava infinitas horas. Seus desaparecimentos repentinos e a forma como do nada tornava a aparecer faziam com que ela quase estourasse de raiva. Era uma mulher para poucos, mas o avô também era um homem para poucas e, além disso, parecia ter uma paciência que transcendia os séculos.

Lembrou da poeira que a avó levantou no pátio sedento de chuva, num de seus chiliques. Em meio à nuvem de terra, viu o avô parado, com as mãos cruzadas sobre o baixo ventre, esperando que ela se acalmasse. Nesse dia soube que Roberto Belmonte também tinha segredos, assim como Graciana, e a admiração por ele aumentava na proporção dos mistérios que o rodeavam. No meio da *mise en scène*, tirou do bolso da jaqueta desbotada um estojo para maquiagem turco, enfeitado com espelhinhos e contas de mil cores.

Apesar de ser impossível de entender de onde vinham os presentes de Roberto, era verdade que conseguiam apaziguá-la. Graciana acalmou-se dessa vez com o estojo, assim como antes se acalmara com o porta-joias veneziano, com as tulipas frescas, com o delicado vidro de perfume em forma de ânfora, com o bracelete indiano e com o pingente toledano.

Os presentes de Roberto pareciam-lhe tão enigmáticos como a mala de Graciana. Quando criança, Albertina imaginava que na época em que viveu na Itália, o avô devia ter-se dedicado a impressionantes espetáculos de magia. Perante o público perplexo, de uma garrafa teria tirado uma girafa simplesmente puxando-a da ponta da orelha, e teria transformado ameixas em enormes pérolas.

Enquanto punha mais lenha no fogo, chegou à conclusão de que os dois tinham sido tal para qual, cada um carregando seus sem-respostas.

04

    Graciana não demorou muito a morrer. Era uma madrugada chuvosa, e partiu tranquila. Segundos antes, chegou a abrir os olhos e sorriu ao ver que era Albertina quem segurava suas mãos.

    A família voltou para casa depois do enterro, caminhando pesado, fazendo soar a tristeza pelo piso cujos arabescos se esparramavam pela sala de estar. Cada um foi para seu quarto, para acomodar a dor como melhor podia. A tarde se arrastava interminável como um cortejo fúnebre, enquanto o pêndulo do relógio no corredor balançava o tempo com parcimônia.

    Albertina jogou-se na cama com vontade de chorar. No entanto, o choro se atava à garganta e, apesar da tentativa, seguiu contido. O único que pôde desatar com destreza foi o cabelo grosso e castanho que levava num coque sobre a nuca leitosa. Não só não soltou as lágrimas, como também não conseguiu, nem depois de um banho, ver-se livre do cheiro de flores murchas que a perseguia desde o cemitério. Também foi impossível tirar da boca o gosto do café queimado que serviram durante o velório. Assim adormeceu, em pura miséria de sentidos.

Acordou num salto às três da manhã. Tinha certeza de ter sentido que alguém sacudia seu ombro com a mão firme e suave ao mesmo tempo, como fazia vó Graciana quando a acordava para ir ao colégio. Esfregou os olhos arenosos. Terminou de acordar quando seus pés descalços tocaram o piso gelado. Caminhou pela casa prateada pela luz da lua que atravessava a claraboia da sala, e chegou ao quarto da avó.

Abriu a porta bem devagar, sussurrando um tímido "licença", como se fosse incomodar. A ausência de Graciana era mais imponente que sua existência. A cômoda estava ali, à direita, e a última gaveta foi o destino da mão que não hesitou em nenhum momento. No fundo, encontrou (como se soubesse o que procurava) a chave do sótão de vô Roberto.

Era sua herança.

— Esta chave vai ser tua só quando eu já não estiver. Quero morrer de velha, e não de susto como os que o teu avô me dava seguido.

Vó Graciana disse-lhe isso na época em que vô Roberto desaparecera para sempre, depois do funeral forjado, pelo qual pagaram uma fortuna por bom serviço e discrição. A família teve que explicar mais de uma vez que morrera desfigurado, coitado, por causa de uma doença desconhecida. "Por isso não abrimos o caixão, que em paz descanse", era a resposta que impunha o olhar curioso dos poucos vizinhos que compareceram.

Albertina teve medo da chave. O sótão estava fechado há muito tempo e todas as coisas do avô estavam ali. Vieram-lhe à mente os dias do galpão, onde Roberto Belmonte passava trancado todo o tempo possível em não se sabia que mistérios, enquanto os outros se ocupavam da vida do lado de fora.

Dizia que fabricava remédios (cuja fórmula nunca quisera revelar), mas Albertina, apesar da pouca idade, pensava que aquele era o pretexto para um sem-fim de outras coisas que deveriam acontecer naquele lugar sempre trancado a chave. As pessoas consultavam mais com ele, um simples boticário, do que com o médico que a cada tantos dias vinha de Montevidéu ao povoado vizinho.

Os ensalmos de Roberto eram conhecidos em muitos cantos do pampa. Não havia quem não se curasse com suas gotas, infusões de plantas desconhecidas, pós enigmáticos misturados com água, símbolos desenhados no ar e palavras santas numa língua que ninguém entendia. Suas mãos aliviavam dores e penas só de aproximá-las ao paisano queixoso.

Dessa época eram as discussões com Graciana e os presentes inesperados saídos do galpão. Era também a tentativa de Graciana de compartilhar a alquimia, algo que Roberto mencionava com frequência.

Discutiam. Muitas vezes esgotavam o tema com poucas palavras. Outras, Graciana ia mais longe, tentando apropriar-se do que entendia ser, pela metade, a alquimia e a transmutação.

— E já que não compartilhas comigo a tua alquimia, eu mesma faço a minha e tomo como achar melhor.

Desesperada por transformar alguma coisa, adotou o costume de tomar água de prego. A receita era simples: punha um prego em água, e quando enferrujava, agitava a garrafa e servia uma tacinha todas as manhãs.

— Isso vai te matar, minha velha!

— O ferro é bom pro sangue — ela dizia.

Albertina escutava a mesma coisa todas as manhãs. A discussão tornara-se quase um ritual com que os avós se davam bom dia. Na época, ela se incomodava com a porfia da avó, mas ao lembrá-los, daria tudo para voltar a vê-los nas brigas sem solução.

No sótão estavam trancadas todas essas histórias, além de outras que sequer imaginava. Poderia finalmente saber o que foi que Roberto Belmonte trouxera com tanto cuidado para a cidade e colocara naquele lugar. Tão adorados eram seus apetrechos, e tão fechados queria mantê-los, que o avô quis trazer a fechadura do galpão com a chave que, pelo tamanho, qualquer um diria ser de castelo.

Ali ninguém mais além dele podia entrar, o que fez muito pouco antes de desaparecer sem deixar vestígios. Um dia, Albertina o viu descendo a escada exaltado, dizendo "falta pouco", e ficou sem respiração quando viu que a neta o olhava com a expressão de "falta pouco para quê?". Mas jamais esqueceria a tarde de chuva em que o avô subiu os degraus queixosos do sótão sem saber que seria a última vez. A meio caminho, percebendo que a neta como sempre o observava, sorriu-lhe e pronunciou um inocente *adiós, corazón de arroz*. Essa foi a última coisa que vô Roberto lhe disse, fechou a porta do sótão, deixando a chave esquecida do lado de fora, e o que veio depois foi pura ausência.

Sentiu de repente o vazio imensurável que os avós lhe deixaram. Teria gostado de saber tantas coisas... Fechou a gaveta, apertou a chave entre as mãos geladas e voltou para seu quarto. Colocou-a sobre o guarda-roupa com a promessa de tornar a pegá-la só quando fosse mais valente.

Voltou a enfiar-se na cama e adormeceu enroscada em suas histórias e incertezas.

05

    A tristeza de Albertina tornou-se um inexplicável desejo de não estar, de não existir. Ocorreu-lhe imaginar como seria a vida sem sua presença, como se pudesse observá-la em um filme, ser mera espectadora.
    Com a falta de vó Graciana, perdia-se em pensamentos. Não tinha vontade de costurar por nostalgia das tardes com a avó. Não conseguia tirar da cabeça a ideia de subir até o sótão e abrir a porta que guardava tantos segredos de vô Roberto, mas, ao mesmo tempo, fugia por temor. Como se não fosse suficiente, desejava sair daquela casa, onde a vida não lhe parecia pertencer.
    Os dias passavam sem nada além do mesmo de sempre. O tempo encarregou-se de acomodar o pouco que havia mudado com a morte de Graciana. Gertrudes cozinhava chorando baixinho, mais por falta da sogra, que amou como se fosse a própria mãe, do que pela cebola que cortava em rodelas. Albertina ocupava-se das tarefas que antes eram da avó. Geminava meias, polia a prataria e, quando se cansava, pegava o espanador. Com a desculpa de tirar a poeira dos

livros, fechava-se na pequena biblioteca, que os antigos donos haviam deixado, para ler até que a mãe se lembrasse dela.

Florêncio chegava com os olhos cansados de avaliar joias antigas de senhoras de várias partes do país e do outro lado do rio. Seu antiquário chegou a ser conhecido em Buenos Aires, por isso, muitas vezes, o trabalho vinha da outra margem do Rio da Prata.

Mário voltava das pequenas viagens a Las Piedras e Santa Lucía, trazendo o habitual mau humor. Nada mais justo que os dois homens da casa encontrarem tudo em ordem quando chegavam. Albertina suspirava ante as ideias do pai, que não faziam mais que ladrilhar qualquer ilusão de vida livre. Crescia nela o ímpeto de sair correndo e nunca mais voltar. Não era possível discutir, porque há muito tempo aprendera que Mário Belmonte tivera a sorte de nascer sob a estrela de uma sabedoria infinita, ou assim fazia parecer, e os que se opunham a seus critérios experimentavam sua ira.

Foi o que aconteceu quando ela anunciou que não pensava em se casar, porque estava fora de questão amarrar-se a um cotidiano que considerava tão miserável como sua realidade de solteira. Além disso, deixou claro que se chegasse a fazê-lo, ainda que a obrigassem a colocar o sobrenome do marido, jamais o usaria. Afinal de contas, ela não era nem nunca seria "de" ninguém, não era uma propriedade. Florêncio e Gertrudes desapareceram da sala quando pai e filha resolveram discutir o destino das mulheres casadas. Mário vociferava:

— Isto é culpa tua, Gertrudes! Tu a criaste com ideias feministas!

Os dias de Albertina mudaram quando, ao revisar o conceito de viver como Deus manda, Gertrudes pensou que nunca havia ensinado a filha a cozinhar, e que talvez Mário tivesse razão e ela a criara, sem querer, com ideias feministas. Tarde demais. Já tinha vinte e seis anos. Falhou, porque jamais colocara a filha a descascar batatas. Admitia o erro, pois via que no inverno Albertina enfiava-se na cozinha apenas para fugir do frio. Apesar de a salamandra da sala estar sempre acesa, a cozinha era pequena e esquentava muito mais rápido quando se usava o forno.

Foi assim que um dia Albertina, a pedido da mãe, viu-se no cubículo de teto baixo no fundo da casa, entre vapores de caçarolas que faziam os azulejos suarem, cheiros de todo tipo, instrumentos estranhos que tinha dificuldade em manejar, sem contar os quilos de cascas de legumes. Quando Gertrudes não estava explicando alguma coisa, o silêncio entre elas era imenso. Albertina sobrevivia àquela reclusão, tentando encontrar um sentido para a sinfonia de ovos batidos, potes e pratos de melamina que se chocavam sobre a mesa ou na pia, a água da torneira que a mãe abria com frequência, sempre com o borbulhar de algum ensopado sobre o fogo ou o chiado de algo que caía no óleo fervente. Tudo misturado aos aromas e ao sabor dos condimentos.

A rotina da cozinha às vezes lhe parecia uma sinfonia, outras um inferno, do qual ela tentava escapar escondendo-se em alguma esquina da memória. Quando era pequena, adorava ver como se fritava. A primeira vez que se aproximou de uma frigideira à altura dos olhos e viu como o óleo trabalhava junto com a clara de ovo para produzir mágicas bolinhas, a avó explicou-lhe que se chamavam "bolhas". Palavra tão redonda como o que nomeava.

— As batatas vão queimar, filha!

Acordou do devaneio e as tirou do fogo antes de queimarem. Odiava a ideia de sentar-se novamente no canto, do lado do espanador, e começar a descascar batatas outra vez. Nessa época, teve a ideia de colocar música na cozinha. O rádio de galeno da avó quebrara. O rádio Spika que Florêncio lhe dera de presente não sintonizava bem, mas algum ritmo lhes chegava: Albertina já não punha mais as mesmas canções que costumava escutar com vó Graciana no quartinho de costura. Ouvia alguma valsa longínqua, um jazz acinzentado, ou um tango amargo, enquanto lamentava a vida entre azulejos brancos.

Ouvindo música, mexendo algum caldo sem nenhuma importância ou descascando e picando legumes, remexia conceitos. Várias vezes, reviveu toda sua existência com o alvoroço das ideias sob a mansidão do semblante sereno que a protegia dos berros do pai. Calava também porque perante qualquer atitude que assomasse a possibilidade de um arranque libertário, ele culpava Gertrudes por tê-la criado colocando em sua cabeça ideias que não prestavam. Via como a mãe também calava, por não saber como responder.

Albertina sentia que vivera sempre sob a mentira de que ser mulher era a melhor coisa do mundo. Talvez fosse, mas não pelos motivos que sempre lhe haviam inculcado. O estandarte que queriam que ela carregasse significava que o natural era costurar, cozinhar, acabar-se limpando a casa e enfeitar-se. Parir não doía tanto, o que acontecia era que as mulheres faziam escândalo na hora de dar à luz. E se de verdade doía, não havia problema, afinal de contas, era natural, assim como os incômodos de todos os meses. Para Albertina era nítido que a dor feminina não importava muito. No entanto, ela, sim, levava isso em conta. Jamais esqueceu os gritos de Eugênia, a vizinha que pariu diante de seus olhos, com a ajuda de vô Roberto, quando ainda moravam no campo. "Se aquilo não doía, se aquilo era natural... melhor não", pensava Albertina. Não querer aquilo fazia sentido para ela. Quem a obrigaria?

Quanto mais idílios lhe inculcavam, mais se convencia de que as pessoas acreditavam que o autoconvencimento era uma arte feminina. Como se não bastassem todas as dores que a natureza lhes oferecera, submetiam-se a males e desconfortos impostos pelos moldes de beleza que, tinha certeza, não precisava avolumar com tanto sacrifício. Que mulher poderia alcançar objetivos além das portas de sua casa sem apoiar firme a planta dos pés no chão? Como fazê-lo equilibrando-se em saltos finos como agulhas de tecer lã?

Albertina sentia lá no fundo que alguma coisa tinha que mudar. Em algum momento, pegou uma panela onde colocou aros de cebola e deixou-se estar, apreciando como douravam na manteiga e produziam um perfume cremoso. As cebolas trouxeram-lhe de volta à mente a cor da água de prego da avó. Mediu os tons, as fragrâncias e os barulhos que manipulava com a ajuda do fogo, e deu-se conta de tudo o que podia transformar ao seu redor com poucos elementos simples. Ela mesma podia transformar-se.

Foi observando esses aros de cebola que Albertina cansou de sua vida. Desejou uma mudança urgente e deixou de temer o sótão. Ali poderia estar a chave para a liberdade tão desejada. Talvez pudesse buscar novos caminhos sem sair de casa.

Aproveitou que a mãe estava concentrada descascando cenouras. Deixou a colher de pau dentro da pia, tirou o avental e correu até o quarto. Na ponta dos pés, alcançou a chave fria que a esperava sobre o guarda-roupa.

Ao atravessar a sala, sentiu o cheiro da cebola queimada e ouviu Gertrudes que se queixava que "essa menina foi embora enquanto descascava cenouras sem me dizer nada!".

— Onde te enfiaste, Albertinaaa!

Albertina não respondeu. Gertrudes reconheceu o queixume dos degraus que levavam até o sótão, incômodos de que alguém invadisse aquele canto da casa depois de tanto tempo. Ela havia suplicado para Graciana que se desfizesse da chave que, não sabia como, fora parar nas mãos da filha. Fechou os olhos e sacudiu a cabeça. Mesmo que nunca tivesse dito uma palavra, sabia o que significava abrir o sótão, porque suspeitava que o desaparecimento de Roberto tinha a ver com o que fizera durante toda a vida. Inquietou-se pela filha, mas não fez nada.

Enquanto Gertrudes pensava na cozinha, Albertina tentava colocar a chave no buraco da fechadura. Teve trabalho, suas mãos tremiam. A velha fechadura não era usada há muito tempo, e teve que fazer força para dar a primeira volta. Albertina sentia apenas o ruído da respiração forte, o suor gelado que brotava na testa e uma comichão nervosa ao redor da boca.

Gertrudes silenciou a cozinha. De repente, escutou a porta do sótão que se abriu, os dois passos sobre o chão de madeira, o *clic* de uma chave de luz (ainda funcionava!) e o *clac* pesado que fechou sua filha naquela peça cheia de enigmas. Mãe e filha suspiraram ao mesmo tempo. "Vai começar tudo outra vez, quem dera não tivesse entrado", pensou Gertrudes, arrependida de não ter feito nada; "vou começar uma vida toda minha, quem dera tivesse feito isso antes", pensou Albertina, feliz por ter entrado.

06

Ao fechar a porta, a primeira coisa que Albertina sentiu foi um cheiro de umidade quase adocicado, como de chá de boldo, e calafrios no estômago. Olhou ao redor. O lugar era maior do que imaginara. Encostadas nas paredes, várias caixas cansadas da escuridão esperavam o milagre de que alguém as encontrasse.

As teias de aranha pendiam do teto, pelos cantos, como pequenos mantos de um cinza pesado. As paredes algum dia foram brancas. A lâmpada que iluminava o lugar, com a resistência cor de laranja, também tinha uma camada espessa de poeira. Tudo exalava abandono.

Entre as teias de aranha, descobriu uma pequena janela quadrada cujo vidro estava pintado de preto. Era evidente que não servia para enquadrar o azul do céu, mas Albertina a abriu. O ar fresco entrou num bloco compacto de luz que se enfiou no ambiente cheio da poeira que dava reviravoltas ao ritmo de seus movimentos, ao mesmo tempo que os mantos de teia de aranha flameavam com suavidade.

A primeira coisa que lhe chamou a atenção foi um baú de madeira escura na parede ao lado da porta. Não viu nenhuma chave, mas não estava trancado. Guardava objetos de vidro e ferro, prováveis utensílios de laboratório: redondos, delgados, altos, baixos, de gargalo curto e longo; um morteiro, pequenos espelhos, algo que parecia um rosário de poucas contas e velas de cera amarelada junto com fósforos umedecidos.

Em outro canto, havia uma mesa retangular de boa madeira. Aproximou-se com o *toc toc* dos passos que soavam nas tábuas ressecadas do piso. Sobre ela, alguns livros abertos e sobrepostos, provavelmente a última coisa que seu avô lera antes de desaparecer. Tentou movê-la e não conseguiu. Pesada demais.

Ao lado de um divã empoeirado, como tudo, além de várias caixas pequenas, viu outro baú maior que o primeiro. Este tinha livros e folhas costuradas. Não se importou com as aranhas que saíam de seus esconderijos. Estava feliz. Era a primeira vez que entrava no mundo que pertencera a vô Roberto. Começou a tirá-los um a um em meio ao cheiro de papel envelhecido que se misturava com o de umidade. Paracelso foi o primeiro. O avô mencionava-o com frequência. Depois olhou alguns livros em latim, o *Tratado da Pedra Filosofal*, um pequeno tomo publicado em Lisboa com o título *Conceito Rosacruz do Cosmos ou Sciência Oculta Cristã*, a *Turva dos Filósofos*, de autor anônimo, *Aurora Consurgens*, de Tomás de Aquino, vários livros com diferentes títulos incluindo as palavras *Alchimie* e *Radiesthésie*, entre muitos outros que foi encontrando pouco a pouco.

Somente agora se dava conta do quanto admirava o avô. Roberto Belmonte escondeu muito porque sem dúvida procurava algo grande que nem sequer cabia naquele sótão. Conhecera-o tão pouco... Nunca chegou a entendê-lo.

Tinha onze anos quando desapareceu. Não teve tempo de alcançar seus mistérios, pela idade, e por ter acreditado nele tanto quanto acreditara nas aventuras de Júlio Verne. Com o avô, não passaram desses livros e algumas conversas sobre o átomo e o universo. Porém, naquele momento, no sótão, tinha-o ao seu lado e era a oportunidade de que ele compartilhasse tudo o que descobrira. O coração lhe dizia isso. Ele estava ali e guiava suas mãos em busca dos livros e textos que prometiam algo além da vida naquela casa.

Não se enganava. Depois de passar um longo tempo conhecendo todos os títulos, e percorrendo páginas e mais páginas, propôs-se a descobrir o que era a radiestesia. Inclusive chegou a pensar ingenuamente que podia aventurar-se na alquimia e encontrar a pedra filosofal (talvez o avô já a tivesse encontrado e pudesse estar no fundo de alguma caixa).

Olhando para trás, não via nada interessante exceto as brigas e mistérios dos avós. Quanto ao futuro, se continuasse fechada em casa, acabaria seguindo os passos de Graciana e Gertrudes, entre espanadores, panos e talheres. Estudar era sem dúvida uma saída possível. Se o fizesse fora de casa, seu pai reclamaria. Já eram épocas diferentes na cidade grande, entretanto Mário, que não herdara nenhuma luz de Roberto, carregava as tradições férreas de outros tempos. Por isso, o sótão significava uma esplêndida herança, um presente do avô, e mais do que nunca soube que aquele era o seu umbral rumo ao intangível.

Uma pena que o avô tivesse desaparecido tão de repente. A família nunca julgou o desaparecimento, porque era impossível. Roberto jamais explicara as ausências, também não havia explicação que preenchesse o vazio do último sumiço. Consideraram-no como a última incógnita do avô e o primeiro grande segredo da família. Graciana ficou ressentida. Albertina nunca chegou a entender por que a avó, nos anos de vida que lhe restaram, passou repetindo, em tom de mulher ciumenta, que o tempo o havia roubado.

Pouco importava como desaparecera. Nada lhe tirava essa tremenda sensação da presença do avô ali, ao seu lado, soprando-lhe ao ouvido "não aceites o destino que os outros escolheram para ti, porque um dia eles morrerão, e tu ficarás aqui, carregando a cruz das vontades alheias".

07

    Levou dias limpando e organizando tudo. Florêncio, o único naquela casa capaz de aceitar com benevolência os ímpetos de Albertina, trouxe-lhe algumas estantes que estavam sobrando nos fundos do antiquário e a ajudou a mover a mesa. Levou o divã para que fosse estofado ao seu próprio e muito bom gosto, com veludo vermelho, digno dos melhores cabarés de Paris.

    Quando Florêncio o trouxe de volta, Albertina espantou-se com a ideia do irmão.

    — Maninha, vais ter que brigar feio com o divã, pra ver qual dos dois é mais esbelto e tem os quadris mais redondos.

    Cúmplices, riram muito. Florêncio também era o único na família com bom senso de humor e que poderia pensar em tal comparação. Para ajudar a decorar o sótão, deu-lhe de presente uma cadeira *art nouveau* cujo encosto de madeira clara compunha-se de três folhas grandes sobrepostas em leque. Nada confortável, porém linda.

    Depois de tirar a poeira de tudo e dispor os móveis como ela queria, esparramou sobre a mesa os potes, garrafas e tubos de nome desconhecido. Colocou também algo que parecia um pequeno forno e uma fornalha, sem saber o que fazer com tudo aquilo. Os frascos que dormiam em um estojo de couro ressecado tinham nomes estranhos, como *Aconitum napellus* e *Atropa beladona* e outros que, de tão apagados pelo tempo, mal conseguiu ler. Supôs que, com seu conteúdo, o avô curava as pessoas. Por um respeito súbito, deixou-os guardados como ele os deixara.

E com tudo no devido lugar, o sótão estava pronto. Assim Albertina Belmonte começou suas leituras, curiosa por tudo o que os olhos não veem e a pele não sente. Aprendeu sobre campos eletromagnéticos, sobre energias que passeiam por todos os lugares, e que isso era chamado de *Radiesthésie* por alguns físicos belgas dos anos quarenta. O avô Roberto tinha vários livros sobre o assunto. Agradeceu a vó Graciana pelas intermináveis aulas de francês que pagara, e ao paciente professor, que Florêncio e ela batizaram de "dente de alho", porque tinha apenas um canino que se prendia firme à gengiva deserta.

Foi assim, depois de muitos dias aparecendo só para as refeições que já não ajudava a preparar, que a família viu Albertina sair do sótão com um dos pêndulos que encontrou no fundo de uma das caixas. Gertrudes gritou de susto.

— Shhhh. Quieta, mãe! Estou procurando energias!

Ao ver a filha concentrada na bruxaria desconhecida, teve que preparar um chá de camomila. A incógnita era contagiosa, e o estado da menina parecia mais grave do que o de vô Roberto. Mário continuava lendo o jornal.

— Pelo menos está fazendo isso dentro de casa e não anda transpirando feminismo na rua — dizia sem levantar os olhos da página.

— Bruxa! — gritou persignando-se a moça que vinha uma vez por semana para ajudar Gertrudes na limpeza.

Fez dezenas de experiências. Procurou objetos perdidos e desenterrou dos cantos da casa quanta bugiganga escondida pôde encontrar. Depois teve a ideia de procurar pensamentos. Um dia, enquanto Gertrudes se ocupava de desmaiar de desgosto no quarto, sentou Florêncio numa cadeira no centro da sala e, passando o pêndulo ao redor de sua cabeça, captou as ondas eletromagnéticas que, segundo lera, conectavam o cérebro aos objetos pensados. No entanto, quando quis ir ao parque como um rabdomante para buscar água subterrânea com uma forquilha, a proibição da mãe foi muito clara:

— Os vizinhos, menina!

Que a família soubesse que ela andava com a cabeça em outros mundos, vá lá, mas não a vizinhança. Bastante trabalho tiveram com o funeral do avô. Forjar uma vida normal para a filha tornava-se mais difícil se saísse na rua fazendo insensatezes.

No entanto, numa manhã saiu, não com a forquilha, mas com o pêndulo escondido na bolsa. Passou o dia investigando energias no antiquário. Florêncio permitiu com a condição de que ficasse nos fundos da loja, escondida atrás da cortina. Mesmo que apoiasse a irmã (e inclusive se divertia com as experiências), nisso estava de acordo com a mãe: coisas extravagantes fora de casa não, além disso, corria o risco de perder os clientes.

Aos poucos, Albertina descobriu centenas de vidas concentradas no pequeno salão cheio de porcelanas, cristais, bonecas órfãs, facas e todo tipo de coisa esquecida que pudesse imaginar. O antiquário tornou-se um grande livro de histórias.

Entre as caixas de fósforos, descobriu uma da *Mendelssohn Opera Company*, que vibrava de forma muito melódica. Era inegável que estivera no bolso de algum regente de orquestra durante uma sinfonia.

As noites de amores clandestinos das duas taças sobreviventes de um esbelto conjunto de licor *Art Déco* estremeceu-a. Sentiu a úmida calidez dos beijos em noites de inverno, em algum quarto perdido de *Ciudad Vieja*, e as promessas sussurradas à beira das taças, que nunca foram cumpridas. Também encontrou um lenço com iniciais e flores bordadas, sobre o qual secaram-se muitas lágrimas, segundo ela, da mesma mulher iludida que tomara o licor.

Na hora do jantar, Albertina contava sobre suas descobertas com propriedade. Gertrudes e Mário escutavam convencidos de que a verdade muitas vezes está no que se quer acreditar. Ela sentia as vibrações, disso não tinha dúvida. Porém, no fundo, sabia que as floreava um pouco a seu gosto, como se acostumara a fazer com os vazios que foi encontrando na vida.

A imaginação nunca era um problema para alguém que crescera com dois avós que a nutriam todos os dias. Adulta, misturava-a com ciências tão longínquas e extravagantes, que tudo o que estudava no sótão e pronunciava em voz alta soava como invenção de sua "cabecinha de vento", como a mãe costumava dizer-lhe.

08

Quando cansou da radiestesia, Albertina experimentou a alquimia. Foi-lhe muito mais difícil. Desejou mais uma vez a presença do avô, para que lhe explicasse o Tratado da Pedra Filosofal, em particular quando descobriu que essa pedra era imaterial. Por isso, não a encontrou no fundo de nenhuma caixa, como havia suposto no início. Seu significado era inalcançável. Um mundo desconhecido e cheio de símbolos que ela não chegava a decifrar.

Adormecia sobre os livros. Quando acordava, continuava procurando, na esperança de elaborar alguma ideia mais complexa. Começou a sonhar com labirintos cuja saída nunca encontrava e com portas que se abriam para o nada. A vida se enchia de mensagens tão incompreensíveis como suas leituras.

Finalmente conseguiu entender um pouco do processo alquímico, a magia dos espelhos, a transmutação espiritual e o elixir da vida. Em seu passeio pela alquimia, achou algumas anotações com a caligrafia de Roberto Belmonte que, mais uma vez, como se continuasse ali, parecia acompanhá-la.

O que mais lhe impressionou foi uma tímida inscrição do avô, na margem de uma das páginas: "Vida eterna?" Segundo o que conseguia entender, foi-se convencendo de que seria possível transcender, viver além de um suspiro do universo.

Em outra página, escrito na vertical, dizia "ler Paracelso". Ela vira esse livro e como se tivesse sido por uma ordem do avô, pôs-se a ler de imediato.

Levou vários dias. Quando chegou na última página e fechou o livro, não tinha dúvida de que começava a entender um pouco mais Roberto Belmonte. Seu avô fora um homem muito sábio.

Da alquimia e Paracelso, passou para a química. Foi além do átomo. Em um desenho da diminuta estrutura, seus olhos atravessaram o vazio misterioso entre o núcleo e os elétrons. Chegou à conclusão de que tudo era nada, que se acumulava de forma densa e formava coisas que podiam ser tocadas. Tudo o que a rodeava, inclusive ela mesma, era como um grande aglomerado de pontos vazios. Seriam o tempo e a materialidade das coisas uma simples ilusão?

Quando entrou no universo do átomo e a física quântica, cresceu a suspeita de que a ciência na vida de Roberto Belmonte ia além da saúde alheia. Suas experiências e estudos eram demais para o campo. Talvez as brigas com a avó não tivessem sido simplesmente por causa das tardes longas que passava trancado. Seria ele um mago do tempo?

Albertina deixou de perceber como se alternavam o sol e a lua. Passava cada vez mais horas no sótão. Já nem descia para comer. Gertrudes colocava a bandeja na porta, sobre o último degrau, como fazia Graciana, que deixava a comida de Roberto do lado de fora do galpão sobre um banco.

Quando começava o dia, a mãe já encontrava a filha na cozinha terminando o café da manhã, a ponto de voltar a fechar-se em seu mundo. Sorte de Albertina que ela dormia um sono pesado e tinha o hábito de deitar-se cedo, por isso nunca desconfiou que na maioria das vezes descia do sótão sem ter pisado no quarto. Passava as noites ali; adormecia no divã, abraçada a algum livro.

Quando trançou os conhecimentos de alquimia com os estudos de física quântica e com toda a teoria de ciências ainda mais desconhecidas que passaram por seus olhos, pensou que talvez pudesse embaralhar as cartas do destino como melhor entendesse. Esse pensamento ficou ainda mais claro quando leu a célebre frase de Einstein: "Deus não joga dados com o universo". Talvez Deus não jogasse dados com o universo, mas começava a acreditar que ela podia.

09

Na noite de vinte e cinco de julho, depois de muitas luas fechada no sótão, Albertina tentou pôr em ordem tudo o que entendera até então. Deitada no divã, imaginou seus próprios átomos, esse aglomerado de pontos vazios que a constituíam, e voltou ao passado. A evocação do avô Roberto sussurrou-lhe enquanto tomava sua mão e roçava sua pele com a ponta dos dedos:

— Estás vendo isso, Albertina? A tua pele, mesmo que não possas sentir, está em movimento. Os móveis, as árvores, o mais diminuto grão de areia, o universo, tudo, absolutamente tudo é um conjunto de átomos, por isso vibra e se move. Nada é tão concreto nem tão estático. Não caias na armadilha de Newton.

Agora entendia o que o avô lhe dissera naquela ocasião, quando tinha oito anos. Fechou os olhos. Quanto mais se via em partículas, mais se voltava para dentro. Sem saber se estava acordada ou dormindo, teve consciência de toda sua luz e chegou ao mais profundo de si. Seu próprio vazio ia desenhando-se, até que de repente percebeu um halo de energia que lhe cobria o corpo além das fronteiras da pele. Vibrava, grande, conectada ao entorno, integrada ao universo.

Como se tivessem se apaixonado, o tempo e o espaço se enroscaram no minúsculo ponto do cosmos chamado Albertina Belmonte. Diluía-se, esfumava-se, entre as partículas do ar, orbitando em si mesma. Cada átomo que a compunha foi-se desgarrando de seu ser, como as sementes de dente de leão, voando em câmera lenta ao sabor da brisa de primavera.

De repente, suave tule de energia, entrou numa espiral que girava a velocidades inimagináveis. Já não havia mais nós nem cordas que a amarrassem, espiralava-se livre, sem saber em que direção, aonde ou quando. Teve medo de perder a consciência e tornar-se uma nuvem de poeira cósmica. Ao mesmo tempo, era maravilhoso flutuar sem forma no infinito, experimentar a leveza em toda sua plenitude. Deixou-se ir...

O redemoinho, cada vez mais estreito, aumentou a velocidade até que suas partículas foram compactando-se de novo. Como se ela mesma fosse um grande ímã, recompôs-se, vazio por vazio, átomo por átomo, célula por célula.

Ofegava sem ousar mover-se e, por alguns instantes, não quis abrir os olhos. Estava deitada num banco longo e incômodo ao ar livre. Viu-se sob um infinito manto azul de meio de tarde que se encaminha ao ocaso. Fechou outra vez as pálpebras, não tanto pelo sol, mas pela falta de costume à luz natural, depois de meses fechada no sótão.

Sentou-se e tocou-se dos pés à cabeça. Precisava sentir-se, assegurar-se de que estava inteira. Era ela, sem dúvida, num jardim outonal, sem jamais ter saído do sótão nem atravessado a porta de sua casa. As sombras que começavam a alongar-se, diziam que a tarde logo morreria engolida pela noite.

Transpirava, apesar do frescor. Com a testa gelada, calafrios desciam pela coluna, davam voltas como uma serpente ao redor da boca do estômago e faziam um nó apertado. Sentia-se como uma personagem de filme que passa de uma cena para outra num corte malfeito, do sótão para um jardim desconhecido. As mãos tremiam. Não podia entender como chegara a esse lugar.

— Calma, Albertina, deve haver uma explicação — dizia a si mesma.

Incomodava-a a comichão nervosa ao redor da boca, a mesma de quando entrou no sótão pela primeira vez. Desejou ter perdido a razão, e ver sua mãe de repente, dizendo-lhe "Albertina, de tanto ler ficaste louca, filha! Como Dom Quixote!", ou se não, "Por que mundos andou a minha cabecinha de vento?". Logo viria o pai que, sem dar transcendência à situação e em tom mais severo, perguntaria se já voltara de seus devaneios, e ordenaria que lhe servisse um café.

Ao pensar nos pais, sentiu-se muito só. A propriedade parecia enorme, os limites se perdiam no emaranhado de galhos e árvores. Olhava para um lado e para outro e não encontrava nada que lhe parecesse familiar. Perto do banco (que bateu com o punho para convencer-se de que não era um sonho) viu um gazebo onde ela teria adorado sentar-se para tomar um chá, se não estivesse tão ocupada em descobrir por onde andava. O jardim denso abria-se em um leque de pequenas trilhas manchadas pelas sombras de galhos e folhas das árvores, mescladas com a luz que começava a dourar.

Além do caos de folhas, flores e galhos, ela avistou uma casa quadrada e estreita. Na fachada, lia-se *Villa Soledad*. Eram dois andares altos com um terceiro que a coroava, como uma torre. A casa imponente tinha um estilo de antanho, mas com ares de nova.

O nó no estômago deu-lhe outro forte puxão. Tudo lhe dava sinais de que estava numa propriedade desconhecida e afastada, e uma mistura de sem-onde e sem-quando açoitava-a sem piedade. Estava órfã de tempo e espaço. Não tinha coragem de sair do jardim porque logo anoiteceria. Precisava de ajuda.

10

    No casarão, dom Eusebio Garay vestia a viuvez de solitude. Desde a morte de Leocádia, decidira viver em sua propriedade nos arredores da capital, fosse verão ou inverno.
    Todas as tardes punha-se a escutar música na poltrona preferida. Colocava um disco no gramofone e enchia o ambiente de arabescos que rompiam o silêncio. Enquanto isso, Célia Ocampo, a única empregada que manteve na casa, além do motorista, preparava o mate com biscoitos, como fazia desde antes de dona Leocádia adoecer.
    A cegueira lhe dava a surpresa de qual música escutaria a cada dia. O disco que suas mãos pegavam era sempre uma incógnita, por isso ele fazia de conta que era um jogo. Ainda que não pudesse ver, colocava-o no prato, girava a manivela e descansava a agulha sobre o espelho preto. Tudo sem titubeios, sem bater nenhuma vez na campana azul. Jamais arranhou um disco sequer, graças aos dedos acostumados à escuridão desde muito tempo.
    Eusébio nasceu com um olho são. Conheceu o mundo em todas as suas formas e cores até que, quando tinha quinze anos, uma pedra lançada por um amigo o fez mergulhar

na escuridão. Não pôde estudar medicina; por sugestão da mãe, dedicou-se à música. Tornou-se professor de piano, uma maneira de passar o tempo com algo que fazia com que se sentisse útil.

A família tinha campos limítrofes com o horizonte nos quatro cantos. Dom Eusébio podia dedicar-se à arte na penumbra, tranquilo de que nada lhe faltaria. Nas tardes em frente ao piano, apaixonou-se por uma de suas alunas, Leocádia Bagni. As aulas tornaram-se um prazer, porque a impossibilidade de ver era uma boa desculpa, e o que podia chegar a ser um atrevimento, tornava-se parte de uma didática tão suave quanto respeitosa. Para ajeitar os dedos da senhorita sobre as teclas, acariciava suas mãos furtivamente. "Dedos de seda", dizia-lhe sempre dom Eusébio, quando explicava que cada nota devia soar pura como cristal.

Em questão de meses, Leocádia Bagni e Eusébio Garay passaram das aulas de piano ao matrimônio. No entanto, mais uma vez o destino foi impiedoso e, pouco tempo depois de casados, Leocádia morreu de escarlatina.

Ele nunca mais quis voltar à vida de antes. Isolou-se na quinta da família, onde vivia tranquilo desde a morte da esposa. Já não tocava mais piano, exceto em ocasiões especiais como seu aniversário. O gigante negro dormia numa esquina do salão, perdido entre móveis e enfeites.

Célia ocupava-se de manter a casa limpa e organizada. Também zelava pelo bem-estar do patrão. Dom Eusébio, por sua vez, passava os dias lendo com a ponta dos dedos na biblioteca ou escutando música no salão. Assim levavam a vida, quando ouviram batidas na porta.

11

Albertina soltou a aldrava, sofrendo a comichão da ansiedade que já tomava todo o corpo e o tremor das pernas que quase lhe impediu de subir os largos degraus de mármore da entrada. Enquanto esperava, ouviu os passos apressados que se aproximavam do outro lado da porta. Colocou as mãos trêmulas para trás, pensando ainda o que diria quando atendessem.

Abriu-se a porta. Nenhuma das mulheres ousou cumprimentar-se. O tempo fez-se em pedaços perante o olhar mútuo de assombro, como se Cronos tivesse amassado todos os relógios do universo e nada fluísse, apenas a respiração quente de Célia e o coração acelerado de Albertina.

Ambas se olharam dos pés à cabeça, sem poder acreditar no que estavam vendo. Albertina encontrou uma típica mulher das fotos em sépia, que se assemelhava às do antiquário de Florêncio. Era uma mulher redonda, baixa, que usava um vestido longo e descolorido. Célia não tinha palavras perante a visão escandalosa da blusa com três botões atrevidos fora de suas casas, de tecido transparente demais sob um casaco de lã grossa e a saia à altura dos joelhos.

Célia precisava de ajuda na casa. Supondo que a súbita presença fosse em resposta ao anúncio da semana anterior, tentou recompor-se, obviando a roupa daquela mulher tão inesperada.

— Boa tarde. Espero que venha disposta a trabalhar, mesmo que estes não sejam trajes adequados, nem esta seja hora de se apresentar.

Albertina não pensou duas vezes. A forma em que a outra mulher a recebia era uma oportunidade de salvar-se da vergonha e lhe dava tempo para descobrir onde andava.

— Albertina Belmonte. Muito prazer.

— Encantada, Célia Ocampo, passe — disse-lhe, e com desconfiança e impaciência contida, mostrou-lhe o interior da casa com o pano de prato.

No salão, Albertina encontrou harmonia entre a figura de Célia e todo seu entorno. Ao fundo, viu a silhueta de um homem sentado, escutando música de um gramofone. Parou de repente.

— Aquilo é um gramofone? — perguntou com surpresa — E funciona!

Perante o assombro da recém-chegada, Célia não reprimiu a impaciência.

— Por acaso nunca tinhas visto um gramofone?

Albertina dissimulava muito mal a estupefação e o nervosismo.

— Sim, claro.

Não mentia, vira muitos no antiquário de Florêncio. Fósseis de outras décadas que serviam só para enfeitar. Tocou seu rosto para estar certa, mais uma vez, de que ainda era ela mesma e não vivia um sonho.

Aproximaram-se da figura do homem abandonado a uma sonata de Mozart. Atravessaram o salão abarrotado de móveis, vasos, estátuas chinesas, porcelanas francesas. Albertina tornou a lembrar-se do antiquário do irmão, onde as peças, cada uma com sua história, ficavam amontoadas no canto de um tempo ao qual já não pertenciam. Ali, sim, sentia que tudo tinha seu devido tempo e lugar. Móveis e enfeites misturados criavam uma composição com estética muito própria. Além disso, tudo tinha o frescor de uma juventude que jamais vira nos objetos do antiquário. Tudo se encaixava como pedras preciosas sobre um anel, menos ela, Albertina Belmonte, uma pérola sem engaste.

Ficou parada sobre o tapete gigantesco que vestia o piso. Pensou ter sentido o perfume de jasmins, mas não era a época.

Célia interrompeu a sonata, levantando o braço do gramofone sem nenhum acanhamento.

— Dom Eusébio, trago alguém que responde ao nosso anúncio de trabalho. Albertina Belmonte é o nome dela, senhor.

Ele não se moveu e continuou olhando para o nada. Mal sorriu, e sem se importar em perguntar qualquer detalhe (confiava plenamente em Célia), pronunciou um simples "bem-vinda".

— Mas não se põe o dedo na agulha!

Célia não pôde evitar repreender Albertina, que se distraiu mexendo no aparelho reluzente como todo o resto, em outra tentativa de provar para si mesma que estava ali de verdade, e que tudo o que a rodeava era verdadeiro, ainda sem saber ao certo em que lugar e época.

Célia era uma mulher sem voltas. Assim que Albertina abriu a boca para agradecer a dom Eusébio, teve que levantar a voz, porque se sobrepôs a música que tornava a colocar, desdobrando o braço do gramofone sobre o disco. Dom Eusébio continuou escutando Mozart, olhando para o nada e sem mais palavras.

No corredor em direção à cozinha, Albertina continuava procurando provas concretas de que tudo aquilo existia, por isso roçou a manga do vestido de Célia com a ponta dos dedos. Era inegável. Comprovava mais uma vez que se materializara em outro lugar e em outra época.

Célia não notou quando ela tocou-lhe de leve a roupa. Caminhava com passos curtinhos pelo corredor, desabafando o peso de levar adiante aquela casa e sem ajuda. Explicou-lhe as tarefas com exagero, para não dizer à beira da mentira. Para assustá-la, disse que dom Eusébio, apesar de cego, era capaz de perceber cada detalhe dos trabalhos malfeitos na casa. Notava a poeira que se acumulava sobre os móveis, o piso mal lavado, os lençóis que não estavam bem passados e o café que não estivesse do seu gosto.

— Um homem muito bom, mas difícil. Eu não consigo mais sozinha — queixou-se.

No entanto, entretida em descobrir por onde andava, Albertina mal a escutava. Não ficou sabendo das manias de dom Eusébio que Célia inventava ou aumentava.

Descobriu que a cozinha era muito parecida à de sua mãe, uma peça pequena, sóbria e mal iluminada, onde predominava o branco. Viu um armário embutido perto de um balcão. Na parede, ao lado da porta que dava para o pátio, havia um pequeno espelho redondo que refletia o piso quadriculado preto e branco. Não entendeu o sentido do espelho, mas isso era um detalhe insignificante em comparação com todo o resto que também não entendia.

Do que Célia dizia, a única coisa que entendeu foi a pergunta sobre seus pertences. Respondeu com a cabeça que não, que não trazia nada e vinha só com a roupa do corpo.

— E onde conseguiste essa roupa? — perguntou Célia, deixando escapar a surpresa que continha desde a porta de entrada.

Albertina não respondeu, apenas levantou os ombros. Aceitou o chá de alface que Célia lhe ofereceu, porque desde a porta de entrada notara o nervosismo, as mãos que tremiam e a voz pouco firme da recém-chegada, que atribuiu à ansiedade do novo trabalho.

Enquanto esperava o chá esfriar, continuou olhando a cozinha, tentando encontrar uma pista exata de sua localização. Quando pôs os olhos sobre uma das estantes baixas do armário, descobriu que a busca havia terminado. Tomou nas mãos um livrinho com aparência de novo (como tudo naquele lugar), que confirmou sua suspeita: *Almanaque Pintoresco Bristol para el año de 1907*.

12

O chá de alface apenas acalmou a sede. Suava frio enquanto, estremecida, folheava o almanaque. Sem pedir licença, arrastou uma cadeira e se sentou ao lado do moedor de carne, aparafusado na beira da mesa. Virava as páginas para frente e para trás, ainda sem acreditar totalmente no que acabava de descobrir. O terror que a assaltava vinha acompanhado da fascinação de descobrir-se em outra época.

— Em que bairro estamos? Dei tantas voltas até chegar aqui...

— No Prado.

Célia perdoou a pergunta e não comentou mais nada. Considerou que fosse um terrível esquecimento, porque, se viera pelo anúncio, era muito estranho que não soubesse onde estava. Albertina agradeceu que pelo menos estava em Montevidéu.

— E em que dia estamos?

— Treze.

— Mas de que mês?

— De abril — respondeu Célia ainda mais surpreendida —. Quer que lhe diga o ano também?

Teria gostado. Imaginou os lábios de Célia articulando sem pressa "mil-no-ve-cen-tos-e-se-te". Teria sido a última prova. No entanto, não quis alimentar a ironia que carregava o ambiente. Descobriu que treze era sábado.

Tentou mais uma prova.

— Mês que vem é meu aniversário. Dia vinte e sete.

— Dia trinta é *Corpus Christi*, quinta. Então seu aniversário cai na segunda.

Era verdade, segunda vinte e sete e quinta trinta de maio estavam estampados no almanaque diante de seus olhos. De fato, estava em 1907, mas duvidava se seria seu aniversário. Se não chegasse a voltar, poderia comemorar um nascimento que em tese ainda não ocorrera? Pareceulhe ter escutado o universo rindo de sua inquietude.

— Se a senhorita veio assim, vou lhe dar alguns vestidos velhos de outras serventes que trabalharam na casa nos tempos de dona Leocádia. Amanhã eu lavo um ou dois, mas até secarem, faça-me o favor de não aparecer no jardim com esses trajes.

— Obrigada.

Dava respostas curtas para evitar mais perguntas. Não podia explicar como chegara à casa, pelo menos não naquele momento. Célia continuava olhando-a muito desconfiada.

— E veja se amarra esse cabelo! — disse-lhe em tom áspero.

Ela assentiu. "Agora isso é o de menos", pensou.

Enquanto Albertina se submergia nos últimos goles de chá de alface, Célia se afundava na inveja que lhe provocava a recém-chegada. Se já era linda e vistosa assim, magrinha, imaginava como ficaria elegante se fosse mais saudável e tivesse mais carnes.

— Avise quando for tomar banho. Vou lhe emprestar *Tónico Oriental* para o cabelo. Está muito seco e sem brilho.

— Obrigada.

"Não importa a época. Em algumas coisas somos todas tão iguais...", constatou à medida que ia folheando o almanaque. Achava que tinha visto uma propaganda desse tônico, e a encontrou, na página que precedia o calendário de março, com a promessa de "formosear" a cabeleira e a ameaça de que a falta de cuidado "antecipa os terríveis cabelos brancos".

Célia recolheu as xícaras. Com um seco "venha comigo", conduziu Albertina até seu quarto, que obedeceu e aceitou, sem perguntas nem comentários, tudo o que ela foi mostrando. Precisava ganhar tempo para entender melhor onde estava, como chegara até ali e, sobretudo, descobrir como faria para voltar. Mostrar desespero não ajudaria. Ninguém podia ajudá-la naquele momento. Como tantas vezes fizera com o pai, usaria o silêncio para proteger-se.

— Dona Leocádia, que Deus a tenha, era uma mulher muito boa, que sempre oferecia conforto aos empregados — explicou Célia.

Albertina escutava a história de dom Eusébio e dona Leocádia, e pôde observar que era verdade o que Célia dizia. A cabeceira da cama de solteiro e as bordas do roupeiro tinham o mesmo detalhe de flores com folhas entrelaçadas em guirlandas, amarradas no meio com um laço de bronze. Na frente da cama, havia uma pequena cômoda com um lavatório e uma jarra, cuja imagem se refletia no espelho de bordas chanfradas, com marco de madeira escura, fazendo conjunto com os móveis. Tudo simples e envolto em papel de parede que extravasava delicadeza pelas diminutas flores que se repetiam em carreiras misturadas com fitas delgadas.

Célia abriu o roupeiro para mostrar-lhe a roupa de cama, conservada com ramalhetes de lavanda para perfumar e folhas de louro para esquivar a umidade. Na outra porta, encontraram um vestido esquecido no cabide e uns sapatos somente um número maior, que Albertina poderia usar até acharem um par adequado.

Quando Célia a deixou sozinha, no silêncio do quarto, ficou mais nervosa. Tentou respirar amplo, a única forma de dizer ao seu coração que, por favor, se acalmasse de uma vez. Secou o suor das mãos na camisa e as esfregou, tentando esquentá-las.

Descobriu que o colchão era de lã compacta. Até que encontrasse uma forma de voltar, teria que se acostumar a esse desconforto. Olhou o travesseiro alto, mas não quis experimentá-lo, adivinhando que seria tão duro quanto o colchão.

Na parede, sobre os pés da cama, reparou no espelho. Levantou-se de um salto e se aproximou. Iluminada pela suave luz da lamparina, encontrou seu rosto. Olhou-se nos olhos e começou uma conversa solitária, mas muito séria:

— E agora, Albertina Belmonte? É verdade que estás aqui. É verdade tudo o que concluíste dos textos do teu avô. Mas... E agora? Como vais voltar?

A imagem do espelho emudeceu. Sua única resposta, um grande vazio.

De repente, sentiu sobre as pálpebras e os ombros o cansaço dos que atravessam o tempo. Célia avisara que o jantar seria às oito e meia na cozinha, depois que servisse dom Eusébio na sala de jantar. Que estivesse ali para provar a sopa. No entanto, o cansaço e a ansiedade foram mais fortes que a fome.

O último raio de sol da tarde havia se apagado fazia muito tempo. Fechou a janela, a cortina e arrumou a cama. Célia deixara água, enquanto lhe mostrava o quarto, outra gentileza, além do chá. Suspirou profundo quando mergulhou as mãos na água fresca que verteu na bacia que fazia conjunto com a jarra. Em seguida, lavou o rosto, o pescoço, abrindo mais dois botões da camisa. Usou a toalha que encontrou na primeira gaveta da cômoda. Por mais curiosidade que a situação lhe provocasse, voltar era uma urgência e não saber como conseguir a angustiava profundamente. Não quis jantar, também não quis tirar a roupa, apenas o casaco. A roupa era o que a aferrava a sua origem. Dentro da camisa e da saia se sentia um pouco mais segura e protegida dos lençóis alheios.

Deitou-se no colchão duro como o paralelepípedo de sua rua de 1976. Apoiou a cabeça no travesseiro, tão duro quanto, e fechou os olhos. Assim ficou, em silêncio, friccionando um pé contra o outro. Teria que encontrar alguma forma de dar um salto no universo, como fizera da primeira vez. Teria que pegar as duas pontas do tempo e cerzi-lo para vencer o abismo que a separava de sua época.

Deitar-se vestida a ajudava a sentir-se melhor, mas não fora suficiente e ainda estava desprotegida. Por isso, não apagou a lamparina. Tinha certeza de que a escuridão não seria uma boa amiga naquele momento. Fechou os olhos pensando nos pais. Imaginou o calor da salamandra nas últimas noites da avó. Se pudesse voltar, ainda que fosse só para esquentar os pés... "Vô, me ajuda", chegou a sussurrar antes de adormecer.

13

Um telefone! De repente Albertina se vê no salão e comprova que dom Eusébio tem um telefone muito parecido ao da casa dos pais. Levanta o tubo pesado e tenta discar. Avisará que está bem, que algumas décadas os separam, mas que não se preocupem, porque logo estará de volta, mesmo sem saber como. Não desaparecera para sempre, como o vô Roberto!

Põe o indicador no primeiro orifício e tenta girar o disco. Os números acompanham o movimento, fazendo impossível discar uma sequência numérica. Ela se desespera. Desliga.

Tenta de novo. Consegue discar e escuta um tom intermitente que sinaliza a espera. "Tomara que estejam em casa..." Tenta falar quando acha que responderam, mas seu "alô!" faz eco no nada.

Quando acordou sozinha na madrugada, Albertina não pôde evitar as lágrimas, e o alívio que começava a sentir no sonho se fez chumbo. Abraçou o travesseiro e sufocou o choro.

Queria estar em casa com os pais, mas, ao mesmo tempo, reconhecia que estar ali e ter a oportunidade de conhecer aquela época era um privilégio. A curiosidade lhe pedia que ficasse e aproveitasse uma chance tão única. No entanto, o medo era forte e fazia com que desejasse a segurança do sótão, onde ficaram todos os livros e textos. Sem eles, teria que encontrar uma solução em seu próprio interior. Ela mesma chegara até ali, então ela mesma teria que encontrar o caminho de volta.

Do outro lado do tempo, Gertrudes e Mário dormiam iluminados pela luz fraca que atravessava o vidro fosco da porta do banheiro. Gertrudes jamais dormia no escuro, hábito que Mário teve que esquivar afundando a cabeça entre dois travesseiros. Tranquilos de que a filha, mesmo perdida em toda ciência que se atravessava em seu caminho, estava em casa, roncavam na perfeita harmonia conjugal que só conseguiam à noite, quando dormiam.

Gertrudes acordou com o telefone que tocava longamente e com intervalos também longos. "O aparelho deve estar com algum problema", pensou. Quando atendeu, não escutou mais que um vazio onde seu "pronto!" fez eco no silêncio infinito.

Ainda abraçada ao travesseiro, cansada de chorar e quase caindo no sono outra vez, Albertina pensou ter escutado a mãe num eco longínquo. A voz de Gertrudes foi como um acalanto que fez com que dormisse até o amanhecer.

14

O vento da manhã assobiava em tons sinfônicos, como uma orquestra que afina antes do concerto. Albertina acordou assustada, sem saber o que estava acontecendo. Pôs a cabeça debaixo do travesseiro que, de tão duro, ficou apoiado sobre a orelha feito uma tábua.

Levou alguns segundos para se localizar. Quando lembrou do dia anterior, seu coração acelerou, e outra vez teve que conter a vertigem. Pensou nos pais. Teriam se dado conta de que ela havia desaparecido? Se estava no passado, teria nascido alguma vez? Seria de verdade o ano de 1907? Ao estar naquela circunstância, mudaria o futuro? Acaso chegaria a existir? Afinal de contas, existia?

De repente, veio-lhe a imagem de Roberto Belmonte. E se sua verdadeira herança fosse a capacidade de viajar no tempo? Era muito provável que o avô tivesse partido dessa maneira. Voltou à tristeza de vó Graciana e a todas as vezes que a escutou dizer que o tempo o roubara. E se o avô fosse realmente um mago do tempo, onde ou quando estaria agora?

As ideias continuavam dando voltas. Seu presente era o passado que conheceu em fotos e livros. O presente, que viveu até se deslocar várias décadas, ficara no futuro, mas o lembrava como passado. Chegou à conclusão de que tinha nas mãos um presente que era passado e seu próprio passado era futuro. Ideias demais para fiar na manhã que recém estreava, por isso levantou-se decidida a viver aquele único dia sem se preocupar com o que viria depois. Se continuasse fiando pensamentos, acabaria enredada de tal forma que enlouqueceria. Mais adiante encontraria uma forma de retornar.

Depois de lavar-se, colocou o vestido e os sapatos que Célia lhe mostrara. Deixou a roupa de sua época aos pés da cama. Abriu a janela. O pequeno farol do jardim ainda estava aceso e seu braço de luz se espreguiçava sobre a água da fonte. Albertina invejou aquela placidez.

Saiu do quarto e percorreu a casa adormecida sob um resplandor lunar muito parecido com o da casa de seus pais. Não soube se era a claridade da lua que se acomodara na casa durante a noite ou se se tratava da luz do dia cinza que se filtrava pelas venezianas. Chegou ao salão onde habitavam o gramofone e todos os enfeites que compunham uma beleza amalgamada.

Mesmo dentro dos sapatos, seus pés perceberam o tapete esponjoso. Eram os primeiros passos no Novecentos, época em que a formosura imperava em cada detalhe. Nesse momento, rodeada de tantos objetos lindos, Albertina considerou seriamente a possibilidade de guardar o medo no bolso, ficar e conhecer a vida daquela época. Aproveitar até que encontrasse a forma de voltar não era, afinal, uma má ideia.

Chegando ao fundo do salão, descobriu sobre o piano um pequeno vaso com jasmins impossíveis em abril. O aroma fresco (o mesmo que sentira no dia anterior) dissimulava o cheiro de mofo das pesadas cortinas verde musgo que vestiam as paredes frias.

Nesse momento, dom Eusébio acordava e mergulhava na escuridão depois de ter sonhado com as luzes de sua infância. O primeiro trecho do dia, ele dedicava a ouvir o trinado dos pássaros e avivar lembranças.

Todas as manhãs, tirava da gaveta da mesa de cabeceira a Bíblia de Leocádia. Dom Eusébio se desentendera com Deus ao perder a vista de seu único olho são, e desde que lhe tirou a mulher, sentiu-se castigado por nunca ter feito as pazes com Ele.

Conservava a Bíblia por respeito a sua memória e porque entre as páginas Leocádia guardara dois jasmins. Eram do buquê que ele lhe dera na primeira visita como namorado. Ainda que laminados com o peso das páginas, continuavam frescos e perfumados como se a esposa tivesse acabado de colocá-los ali. Os que estavam no vaso sobre o piano conservavam-se tão frescos como os da Bíblia. No momento em que dom Eusébio acariciava os jasmins suaves como a pele de Leocádia, Albertina, no salão, se aproximava ao vaso para sentir seu perfume.

— Esses jasmins nunca morrem, explicaria Célia naquela tarde, mesmo que ela também não entendesse o milagre.

15

O barulho das caçarolas surpreendeu a casa quando dom Eusébio ainda estava com seus jasmins, e Albertina aspirava o perfume daqueles no salão. Célia começava a encaminhar o almoço, enquanto preparava o café da manhã.

Quando viu Albertina na porta, disse-lhe sem um "bom dia" que se sentasse para tomar café da manhã. Tinha que se alimentar se quisesse começar forte o trabalho. Célia tinha razão. Além disso, desde a sua chegada, não comera nada e estava com uma fome de décadas.

Ao tomar o café, perdia o olhar no vão do tempo, sem prestar atenção no conteúdo da xícara que levava à boca. Começava a brincar de sobe e desce de gangorra. Queria voltar e, ao mesmo tempo, queria estar ali.

Célia a tirou de seus caracoleios mentais quando estava terminando de colocar na boca o último pedaço de pão e a pôs a trabalhar. Antes que pudesse engolir, com muita energia, começou a explicar quais seriam suas tarefas, e pela primeira vez deu tímidos sinais de estar contente com a nova companhia. A quatro mãos, tudo ficaria mais fácil.

Com desgosto, Albertina encontrou-se mais uma vez diante de uma pequena montanha de batatas. Para isso viajara no tempo? Para descascar batatas na *Belle Époque*? Tornou a sentir nos pulsos os grilhões do cotidiano. Os costumes daquele então eram muito parecidos com os de sua casa no futuro.

Antes que pudesse pegar a faca, Célia lhe apresentou a moderníssima lavadora de roupas que dom Eusebio comprara para aliviá-la.

— Então, depois das batatas, lave bem as mãos e passe as roupas pelos rodilhos — disse-lhe.

Enquanto mostrava a roupa de molho, Albertina começava a engenhar uma forma de escapar. Descascou as batatas remoendo que, definitivamente, não estava ali para isso. Já que precisava ficar naquela casa, procuraria uma forma de viver algo diferente. Que graça tinha mudar de cenário e continuar engavetada nas mesmas coisas? Sem a mão pesada de seu pai, poderia fazer alguma coisa, mas não à base de protestos, muito menos queimando espartilhos. Teria que ser mais sutil.

16

À medida que se moldava à rotina da casa, crescia em Albertina a inconformidade, por isso um dia, depois de esfregar o piso da cozinha, desapareceu das vistas de Célia. Dom Eusébio fumava cachimbo na biblioteca, onde passava boa parte da manhã na companhia dos livros e do mate. Escutava ao longe o barulho do mar de Moby Dick, os sussurros da Celestina atrás de uma porta e os fantasmas de Charles Dickens, quando Albertina pediu licença para entrar.

— Não acho que toque piano tão bem quanto o senhor, mas posso acompanhá-lo — foi a primeira coisa que lhe disse depois de cumprimentá-lo. — Também li alguns livros interessantes e minha avó me fez estudar francês.

Dom Eusébio pensou que de fato Albertina podia chegar a ser uma boa companhia e agradeceu-lhe com um sorriso. Em seguida, a única coisa que fez foi pedir que lhe trouxesse *Pectoral de Anacahuita*, porque estava cansado da tosse. Albertina logo atendeu e fechou a porta o mais suave que pôde, não por respeito à quietude da biblioteca, que tomava ares de santuário com a presença de dom Eusébio, mas por esconder a frustração de receber um pedido de xarope como resposta à sua oferta.

Célia mostrou-lhe onde estavam o frasco e a colher. "Recém chega e já se encarrega do xarope! Mais uns dias e eles se casam!". Foi o que lhe ocorreu quando Albertina voltou para a biblioteca, e ela ficou na cozinha juntando os pedaços do prato de porcelana que acabava de escapar das mãos raivosas. Ela sabia que aquele homem era inalcançável, mas isso não a impedia de atendê-lo com carinho escondido, porque supunha que o afeto não era parte de suas funções. Era difícil conceber que outra mulher se encarregasse dos assuntos de dom Eusébio. Além disso, Albertina estava ali para ajudá-la nas tarefas da casa. Por gostar dele como gostava, tinha a satisfação de ser ela quem se ocupava dele desde a morte de dona Leocádia, inclusive quando se tratava de assuntos tão delicados (e para ela, entediantes), como a literatura.

Para dom Eusébio, no entanto, os livros eram a forma de as lembranças não desbotarem na névoa da memória. Quando Leocádia já não estava mais, e seu amigo Esteban Tuano não lhe trazia nenhum livro em Braille, era Célia a encarregada de ler para ele, sempre a contragosto. Ela era de poucas letras e custava-lhe ler com fluência. Mais tarde, quando adquiriu ritmo, interrompia a leitura com risadas jacarandosas, porque alguma palavra parecia engraçada, ou com alguma pergunta fastidiosa.

— Não entendo esta parte. Pode me explicar, dom Eusébio?

Como se não fossem suficientes as interrupções, e como se a cegueira também significasse surdez, adiantava a leitura pulando capítulos. Sabia que em algum momento ele se daria conta e faria com que voltasse e lesse todas as páginas que havia omitido. No entanto, ela tentava toda vez que o tédio e a pressa por terminar o livro a açoitavam.

Sempre que Célia terminava um livro e voltava para a cozinha, agradecia a todos os santos do calendário, já com as letras gastas, pois beijava todas as páginas, de janeiro a dezembro, no ritual histriônico que tinha como única testemunha o espelho redondo ao lado da porta dos fundos. Porém, sempre que dom Eusébio a chamava até a biblioteca, "por Deus e Nossa Senhora", ela se persignava. O sofrimento pelas leituras aumentou depois que dom Eusébio lhe pediu que lesse *Dom Quixote de la Mancha*, da primeira até a última página.

Apesar do sofrimento das leituras, era indiscutível que ela sempre se ocupara de dom Eusébio, e esse lugar ninguém lhe tiraria tão fácil. Mostrar a Albertina onde estavam a colher e o xarope (e escutar seus passos rápidos pelo corredor até a biblioteca), provocou-lhe um profundo mal-estar que ela mesma não pôde definir. Em todas as épocas e sem pestanejar, qualquer um diria que se tratava de ciúme.

17

Poucos dias depois da colherada de *Pectoral de Anacahuita*, entre seus afazeres, Célia soube que não seria mais ela quem leria para dom Eusébio o próximo livro. Isso provocou-lhe alívio e mais ciúme. "Primeiro o xarope, depois os livros. Agora sim, com certeza vão se casar", pensou enquanto assentia. Continha-se, avermelhada de raiva, e apertava os lábios, porque não tinha outro remédio que respeitar a decisão de dom Eusébio e porque ele estava dando-lhe a notícia na presença de Albertina.

Era uma tarde fresca de maio. A luz do sol batia no vidro da grande janela que se abria para a sacada e que, por sua vez, dava para o jardim. Quando Célia se retirou, Albertina começou a explorar os detalhes do lugar.

Pela forma como pisava e respirava, dom Eusébio percebeu que Albertina estava admirada com sua biblioteca.

— Pode escolher qualquer livro.

Era a oportunidade de correr os olhos pelas estantes e tocar os lombos de couro de diferentes cores e tamanhos com a ponta dos dedos frios. Começava a gostar de viver na quinta de dom Eusébio e descobrir todos os detalhes que as fotos e as peças de antiquário jamais lhe mostraram. No entanto, com um pouco de esperança, pensou que talvez pudesse encontrar algum livro das ciências que o avô e ela estudaram, qualquer coisa que a ajudasse a recuperar a capacidade de se deslocar do tempo. Ainda não estava certa de poder fazê-lo por vontade própria.

Sacudiu a cabeça, espantou aquelas ideias como se fossem pássaros. Viveria o momento e deixaria isso para depois. Sentou-se na poltrona ao lado de dom Eusébio com Baudelaire nas mãos. Ele pediu que também escolhesse qualquer página. Estava disposto a deixar-se levar por aquela voz doce, sem ter que decidir nem controlar nada. Estava certo de que Albertina seria boa leitora e uma companhia agradável, um descanso das leituras quase belicosas de Célia.

—*Il faut être toujours ivre. Tout est là, c'est l'unique question. Pour ne pas sentir l'horrible fardeau du temps, qui brise vos épaules et vous penche vers la terre, il faut vous enivrer sans trève...*

Fez uma pausa cuja solenidade dom Eusébio respeitou em silêncio.

— Não concordo. O tempo não é um fardo que pesa sobre meus ombros. Ao contrário, flutuo através dele como uma pena. E o problema não está em que me curve à terra. Eu voo sem rumo! — ela disse em tom de queixa.

Apesar de que Albertina estivesse em pleno desabafo de suas angústias mais profundas, dom Eusébio considerou-o como um pensamento poético e apenas sorriu. Não gostava de interrupções, mas aquela era muito mais interessante que as gargalhadas de Célia. Merecia sua atenção.

—Talvez todos flutuemos no tempo, Albertina. Todos o atravessamos de diferentes maneiras e muitas vezes não podemos escolher. Olhe para mim. Eu o atravesso na escuridão.

Comoveu-se com o que acabava de escutar. Por um segundo teve pena. E talvez dom Eusébio tivesse razão, talvez todos flutuassem no tempo, mas ele não chegava a entender seu problema e a reflexão não acalmava suas aflições. Emudeceu, resignada, porque sabia que não poderia seguir adiante com as queixas. Antes de retomar a leitura, pensou com gratidão que não devia se lamentar. Poderia ter chegado a outra época, sabe-se lá em que condições. Brincou de jogar dados com o universo e, sorte de principiante ou não, saiu-se bastante bem afinal de contas.

Enquanto Albertina se recompunha do desconsolo e se preparava para continuar lendo, dom Eusébio saboreava sua companhia, dimensionando o tamanho de sua solidão pela primeira vez desde que ficara viúvo. Sorriu, sem nenhuma gota de culpa ou pudor, ao lembrar que sua voz, quando o cumprimentou ao chegar na casa, soou-lhe como uma carícia de Leocádia.

Albertina ajeitou-se na poltrona antes de continuar lendo. Dom Eusébio percebeu o movimento do vestido e calou os pensamentos.

—*... il faut vous enivrer sans trève. Mais de quoi? De vin, de poésie ou de vertue. À votre guise, mais enivrez-vous.*

Nisso estava de acordo com Baudelaire. Era preciso estar ébrio. Mas de que ela estava ébria? Certamente nem de vinho, nem de poesia ou virtude.

18

O ponteiro dos minutos estava quase alcançando o doze quando Albertina saiu da biblioteca com uma conclusão: estava ébria de tempo. Talvez essa fosse a questão e talvez sentir-se assim a ajudasse a voltar. De repente, a saudade de casa ficara mais forte que nunca, apesar do deslumbramento de viver naquela época.

Aproveitou que Célia cerzia um lençol para ir até o jardim. Deitou-se no mesmo banco incômodo aonde chegara, fechou os olhos e respirou fundo. Ficaria ali até que acontecesse alguma coisa. Pôs-se de lado, recolheu as pernas, cruzou os braços sobre o peito e suspirou com impaciência. Passavam os minutos... E nada...

De repente, escutou Célia chamando-a. "Maldita seja!" Teria que atendê-la, porque gritava cada vez mais alto e com menos graça. Desde o primeiro momento, Albertina notou que Célia não tinha muita paciência e não gostava da confiança que dom Eusébio lhe dava com tão pouco tempo na casa. No dia anterior, em tom brincalhão e ameaçador ao mesmo tempo, deixou as regras bem claras.

— Faça o favor de não "passar para o pátio" se não quiser ter problemas.

Os afazeres dependiam dos ciúmes que rondavam o coração de Célia, e sempre que Albertina se preparava para ler para dom Eusébio, já se dispunha também para o que viria: as tarefas sempre eram mais pesadas depois que saía da biblioteca. Fazia um par de dias, teve que lavar o chão da cozinha, mesmo que limpo. Escovando o piso com raiva, pensou em mil maneiras de agradar aquela mulher por uma simples questão: sobrevivência. De tanto carregar baldes e cestos de roupa, começava a ter dores nos ombros e na cintura, que não aliviavam nem um pouco nas noites sobre o colchão de lã.

Em seu interior profundo, Célia se dava conta de que Albertina era uma boa mulher, uma joia, na verdade, e que, sem dúvida, era uma benção tê-la para compartilhar o trabalho. Ao mesmo tempo, não suportava compartilhar dom Eusébio, e isso a mantinha em briga constante com o próprio ciúme, dos quais a maior vítima, na prática, era Albertina.

Para sobreviver ao cotidiano de tarefas pesadas e ao humor feroz de Célia, Albertina pensou que uma boa tática seria fazê-la sua cúmplice. Contaria de onde era ou, melhor, de quando viera. A falta de experiência nas coisas do mundo e a pouca proximidade com os livros poderiam dificultar seu entendimento ou, ao contrário, talvez lhe permitissem ser crédula o suficiente para entender que, sem mais nem menos, era possível viajar no tempo, apesar de que ela mesma ainda não pudesse explicar nem pôr em prática o mecanismo exato que desencadeava a viagem, ou determinar o destino.

Estava disposta a arriscar, porque sabia que o pior a acontecer era Célia sugerir a dom Eusébio que estava louca. Riu sozinha da ideia, com a certeza dos que sabem que têm alguém para defendê-los, porque naquela casa estava claro que tinha dom Eusébio de seu lado. Mas isso ela faria depois que se ocupasse de acalmar os gritos cada vez mais encolerizados de Célia, de cumprir a tarefa terrível que a estaria esperando e quando conseguisse descobrir como voltar a deslocar-se no tempo.

19

Depois da tentativa frustrada, o desejo de voltar se fez tão forte como o de ficar. Tinha que continuar tentando e, naquela noite, deitou-se decidida a encontrar uma forma de fazer a viagem de volta. Pôs-se de lado, na mesma posição que experimentou de tarde no banco: as pernas recolhidas, os braços cruzados no peito. Relaxou com um suspiro longo e sonoro. Teria toda a noite.

Começou a revisitar tudo o que lera no sótão. Evocou Roberto Belmonte, pedindo-lhe que estivesse com ela. Lembrou mais uma vez do dia em que o avô lhe mostrou sua pele, explicando-lhe os átomos. Sem pressa, foi-se voltando para dentro, visitando seu lado mais profundo. Viu-se cada vez menor e gigante ao mesmo tempo, dissolvia-se outra vez em diminutas partículas unidas pelas estranhas forças do universo. De repente, encontrou-se no redemoinho que já conhecia, dançando no eixo tempo-espaço.

Quando tornou a abrir os olhos, estava de volta ao sótão. Conseguira! Finalmente seu próprio tempo. O alívio e a alegria de ter chegado eram um bálsamo e experimentava uma sensação típica dos que voltam de uma longa viagem, como se os objetos e espaços deixados tomassem distância a ponto de parecerem alheios, depois de uma existência unicamente na lembrança. O relógio sobre a mesa de estudo marcava duas horas, mas precisou abrir a pequena janela de vidros pintados de preto para comprovar que chegava de madrugada.

Passou pelo quarto dos pais e constatou que dormiam plácidos, como se ela não tivesse desaparecido. O mundo gravitava perfeito ao redor da cama. Teve medo de que escutassem a batida de seu coração, enquanto ficava ali contemplando-os por alguns instantes, como quem tenta recuperar o tempo perdido, com os olhos margeados por um fio de lágrimas. Atravessou a sala na ponta dos pés e chegou ao quarto sem acidentes. Trocou de roupa o mais rápido que pôde; seria difícil explicar aqueles trajes à mãe se ela acordasse. Depois, dedicou-se a desfrutar de seu quarto. Atirou-se na cama. Como sentira falta do colchão! Divertida, como se visse parentes queridos depois de muito tempo, abraçou as cortinas e, apoiando a maçã do rosto na porta do roupeiro, acariciou-o.

Foi até a cozinha. Tinha muita sede. Apesar de não fazer calor, pôs gelo na água pelo prazer de sentir como os cubos se entrechocavam num tilintar festivo, num brinde solitário à modernidade. Enquanto saboreava os melhores goles de água de sua vida, para sua surpresa, constatou no almanaque ao lado da porta da cozinha, que voltara na madrugada de vinte e seis de julho. Todos os dias que passara em 1907 não haviam representado mais que algumas horas em seu presente. Aliviada por já não ter que inventar desculpas pela sua ausência, brindou mais uma vez, agora por todo o desconhecido que formava parte do mecanismo do universo e que ela esperava começar a decifrar.

Voltou ao sótão e tudo lhe dizia que ninguém havia entrado durante a sua ausência. O livro que deixara caído quando se desintegrou continuava no chão ao lado do divã. Suspirou. Tudo se mantinha tranquilo. Desceu e se sentou na frente da salamandra que, a ponto de adormecer por falta de nova lenha, emanava um calor lânguido. Tirou os sapatos, como sempre gostava de fazer, e aproveitou o calor de que sentira falta na cama do outro lado do tempo.

"O outro lado...", pensou. "Voltaria?" Estava protegida em casa. Ao mesmo tempo, lembrou-se do sufocante que era viver com o pai e sob suas regras. Evocou as belezas do salão da casa de dom Eusébio, sua biblioteca e seus modos. Lembrou-se também das emoções de viajar à outra época, o que a fazia sentir-se tão única. Desejou experimentar mais uma vez a liberdade de deslocar-se no tempo, de estar lá e continuar vivendo aquela aventura. De novo o querer e não querer, o não saber tudo, o abismo da ambiguidade. Os livros do avô não diziam nada sobre estar em dois lugares ao mesmo tempo. Não podia desdobrar-se, teria que se conformar com a condição da ubiquidade e escolher.

Sobressaltava-a a ideia de ter tido apenas sorte. Tentar outra vez significava a possibilidade de ir para outro lugar e época. De repente sentiu-se abraçada. Era Roberto Belmonte, que parecia soprar em seu ouvido que não temesse nada. Poderia, sem dúvida, controlar os passeios pelo tempo. Tudo era questão de praticar. Talvez. Mas antes resolveu dar-se de presente algumas horas de sono em seu colchão.

O Novecentos era irresistível. Ter o poder de visitá-lo era uma oportunidade irrecusável. Às seis e meia da manhã, depois de desligar o despertador, passou pelo quarto dos pais, que continuavam em sinfonia de roncos. Beijou muito suave a bochecha da mãe com a esperança de poder voltar quando quisesse. Novamente no quarto, vestiu-se com a roupa que trouxera de 1907, felicitando-se, porque, depois de ter-se apropriado do sótão, era a segunda vez que fazia algo grandioso e por sua própria vontade (já que a primeira viagem no tempo não contava, porque havia sido por acidente, ou pelo menos ela assim acreditava).

Quando terminava de amarrar o avental sobre o vestido, teve uma ideia. De uma caixa sobre a cômoda, pegou um batom novo, sem estrear, comprado escondido com vó Graciana que, se bem obedecia ao filho, também tinha suas picardias e, ao contrário dele, não achava que as mulheres decentes deviam evitar o vermelho nos lábios. Guardou-o no bolso do avental, pensando que seria um bom presente e uma boa prova de que podia ir e vir no tempo.

A caminho do sótão, pensou ter respondido a si mesma uma de suas perguntas: o avô, sim, havia feito muitas viagens como a sua. Os presentes que Roberto Belmonte trazia para Graciana logo depois das ausências inexplicáveis não podiam significar outra coisa. Eram descabidos como o batom em um estojo tão diferente. Ao crescer essa certeza, uma dúvida surgiu: se havia herdado essa capacidade de ir e vir, por que o avô nunca voltara?

20

Na manhã seguinte, diante da expressão pétrea de Célia, Albertina contou tudo. Sem ver em seu semblante qualquer sinal que mostrasse compreensão ou incompreensão, Albertina sentia que as palavras que pronunciava se desvaneciam antes de chegarem a ser escutadas.

Na verdade, Célia não sabia o que pensar nem como reagir. Sempre teimando em suas próprias ideias, que não iam além do cotidiano, custava-lhe aceitar uma vida desconhecida que viesse de algum lugar além dos jardins da quinta de dom Eusébio. Menos podia, a pobre mulher, dimensionar uma vida além de seu tempo. O dia a dia era seguro, quase perfeito, não fosse porque jamais poderia ter dom Eusébio como ela queria, e porque a presença de Albertina muitas vezes incomodava como farpa debaixo da unha.

Célia continuava ouvindo sobre o sótão, os baús com os livros estranhos do avô Roberto e o magnífico divã de veludo vermelho, quando se pôs a pensar que a moça estaria louca, uma pena, pois era de grande ajuda na casa. Talvez pudesse ela se fazer de louca também, não dizer nada a dom Eusébio e tê-la para o serviço mais pesado, se de todo jeito, bom... Para esfregar pisos não era preciso ter muitos miolos, e se ficasse perigosa, a levaria para dar um passeio e a esqueceria nos jardins do manicômio Vilardebó. Mas, e se fosse verdade o que dizia?

Albertina surpreendeu-se ao ver que sua observadora pouco a pouco foi mudando a expressão e, de repente, reconheceu nela um olhar mais cândido. Célia começava a se convencer de que tudo aquilo era possível e esse mesmo convencimento lhe provocava assombro. E se a loucura fosse contagiosa?

À medida que ia escutando aquela história descabida de viagem no tempo, alguns fatos começaram a ter mais sentido. Albertina fazia perguntas óbvias demais e tinha modos estranhos. No dia em que chegou à casa, perguntou em que mês estava, e usava roupa que ninguém teria pensado nem nas mais finas lojas de Paris, tinha certeza. Lembrou da expressão de surpresa mal escondida quando pegou o Almanaque Bristol para folheá-lo mil vezes. Se podia viajar no tempo e vinha de várias décadas posteriores, então que demonstrasse de alguma forma.

Albertina não duvidou. Olhando-a nos olhos, serena como a água da fonte desligada no pátio do fundo da casa, pôs a mão no bolso do avental e tirou um pequeno cilindro preto.

Célia pegou-o sem saber de que se tratava. Rolou-o entre os dedos e a olhou com o cenho franzido. Ao tirar a tampa e observar seu interior, viu a pasta vermelha que se escondia no estojo.

— Assim, estás vendo? — disse Albertina, segurando a parte superior e girando a de baixo.

Célia reconheceu a pequena barra cilíndrica de ponta redonda, que continha uma boa dose de felicidade escarlate que as mulheres costumavam estampar nos lábios. Jamais vira um batom que pudesse subir e descer só de girá-lo.

— É pra ti.

— Tens certeza de que não é uma invenção dessas que trazem da Europa?

— Não, ainda falta muito tempo para inventarem estojos como este.

— Coisa de outro mundo.

— Não — corrigiu sorrindo —, coisa de outro tempo.

Albertina pintou os lábios para mostrar como se fazia. Célia jamais usara maquiagem, mas conhecia por dona Leocádia, que tivera caixinhas de todos os tamanhos e formatos sobre a penteadeira, que guardavam pós, pastas e cremes de diferentes cores. Ela a imitou o melhor que pôde, na frente do espelho da cozinha, e pela primeira vez desde que Albertina chegara, mostrou que o encanto lhe caía bem. Virou-se com ansiedade pueril e um sorriso muito mal delineado.

— Como estou?

— Linda. E agora que estás maquiada, podemos festejar. Hoje é, ou será, meu aniversário dentro de várias décadas.

Na cozinha, fizeram um brinde clandestino pelo dia vinte e sete de maio de 1950, com uma tacinha de licor de verbena que dom Eusébio mantinha num lugar escondido, mas cuja localização Célia conhecia muito bem. Albertina deixou que o verde intenso tocasse seus lábios, e festejou a estranha sensação, tão intensa como o licor que descia pela garganta, de ser a única prova da existência de uma data por vir.

Dom Eusébio, que escutava sua música de todos os dias, surpreendeu-se com as inesperadas risadas na cozinha.

Interrompeu a sinfonia de Mahler para rir ele também, e sentir a alegria de Célia e Albertina que enchia a casa de uma suavidade feminina que há muito não sentia.

A partir daquele dia, as coisas mudaram. Repartiram as tarefas de forma mais justa. Célia também aproveitou a cumplicidade que as unia e a escuridão em que vivia dom Eusébio, para trabalhar sempre com um sorriso pintado.

21

Tranquila por saber que o tempo era mais manejável do que parecia, e que seus pais não sentiriam sua falta, o cotidiano de Albertina se repartia entre as tarefas da casa e a companhia que oferecia a dom Eusébio. Os dois foram se aproximando a ponto de fazerem pequenas confissões e perderem-se em caracoleios filosóficos.

Dom Eusébio contou-lhe o que ninguém jamais lhe perguntara. Viver nas sombras o assustava, porque começava a esquecer suas escassas lembranças de infância, e temia que pouco a pouco desbotassem sem remédio as que ainda lhe restavam. Por isso os livros eram tão importantes. Ler ou escutar leituras era a forma de mantê-las vivas. Para ele, a literatura significava a oportunidade de viver momentos no claro; abrir um livro era acender uma vela.

Também confessou que tinha muito medo de ficar completamente só, e que sentia cada vez mais falta de Leocádia. Estava feliz por ter Albertina ali. Mesmo que Célia enchesse a casa de ruídos, não alcançava sua alma como ela o fazia. Dom Eusébio não pôde ver o rubor de Albertina, mas entendeu o silêncio envergonhado. Com a singeleza de uma amizade sincera, não teve pudor de esclarecer que não estava apaixonado. Que ficasse tranquila. Sua presença o preenchia a ponto de querer compartilhar com ela um pouco da beleza da vida, como a música, a literatura e a filosofia. Apenas isso. Mais aliviada depois de que dom Eusébio lhe explicara seus motivos, não teve coragem de contar que vinha de outro tempo. Seria estragar aquele momento tão especial. Ao contrário do que aconteceu com Célia, intuía que ele não a entenderia. Apesar disso, contou-lhe seu segredo pela metade. Disse-lhe que estava ali porque queria ser independente. Que era muito duro ser mulher e queria viver conforme suas próprias regras.

E das confissões, passaram à filosofia. O que significava ser livre? Onde encontrar a liberdade? Dom Eusébio a provocava. Citou Sócrates de cor, fez com que lesse Descartes e Espinoza em voz alta. Na biblioteca, as ideias de Albertina corriam soltas como em uma imensa e florida pradeira. As tardes passavam ligeiro nesses exercícios de pura vida.

Enquanto isso, Célia ficava no fundo da casa, esfregando panelas. Apesar da amizade que se fortalecia com o passo veloz dos dias, não pôde deixar de lado os sentimentos baixos que às vezes a sacudiam. Quando os dois se fechavam na biblioteca, mascava o ciúme amargo, que engolia sem mais remédio, porque ao mesmo tempo, começara a gostar de Albertina. A tal ponto se aproximaram, que um dia lhe permitiu ver a caixa de joias de dona Leocádia, que ela mantinha limpas e lustrosas, como se a senhora ainda pudesse precisar delas a qualquer momento.

No entanto, o ciúme era implacável. Ele a perseguia aonde quer que fosse, sobretudo quando tinha que entrar na biblioteca para levar o mate. Que vontade de ter um tremor de mãos bem na hora em que passava o primeiro mate recém servido sobre o colo de Albertina! Mas acabava sempre voltando à cozinha com a bandeja carregada de vergonha por seus pensamentos, porque estava certa de que ela mesma não se perdoaria.

Albertina e dom Eusébio descobriram que fiavam muitas inspirações em comum. Os livros os uniam em saraus privados. Improvisavam revezando-se em versos com o desafio de fazê-los rimar.

— Toco teu silêncio imortal — uma vez ele provocou.

— Alcanço tua lonjura — ela continuou.

— Teu horizonte fantasmal — acrescentou ele.

— Teu amor doce como um... como um... cardeal...

Os dois começaram a rir. Albertina não estava acostumada a esses jogos poéticos e quando não conseguia acompanhar as rimas com o mesmo ritmo de dom Eusébio, era quando mais se divertiam.

Numa dessas ocasiões, em uma tarde de chuva intensa que perfumava a terra e inspirava à poesia, dom Eusébio a convidou para ir a um espetáculo no Teatro Solís. Era uma surpresa extraordinária: finalmente sairia da quinta, porque até o momento, das compras encarregava-se Célia, e não a levava com a desculpa de não deixar o senhor da casa sozinho. Albertina percebia que era apenas uma forma, talvez inconsciente, de castigá-la por "ter passado para o pátio".

Foi então que Célia, na própria biblioteca, em uma das idas para levar o mate, recebeu o pedido de dom Eusébio de que conseguisse para Albertina um vestido apropriado. Que procurasse um de dona Leocádia e que fossem feitos ajustes se necessário, mas que a deixasse perfeita para a ocasião. Albertina deu-se conta de que Célia era mestra em petrificar os gestos faciais, mas todos os "sim, senhor" saíram entrecortados de indignação. Por pena, não se atreveu a sorrir e guardou a alegria do convite no mesmo bolso do avental de onde havia tirado, dias antes, o batom que ofereceu a Célia.

No dia seguinte, corroída pelo ciúme, abriu o armário do quarto desocupado onde estavam todos os vestidos de dona Leocádia, dos quais dom Eusébio nunca quisera desfazer-se. Tomou um dos que ela lembrava que a senhora havia usado em alguma ocasião como aquela, já que seus critérios de elegância eram escassos.

Lavou-o com delicadeza, por respeito à memória de dona Leocádia, e não porque gostasse da situação, que ficava ainda mais indignante quando pensava que dom Eusébio passara anos sem querer sair. Estava ofendida, ainda que soubesse que ninguém fazia nada pensando em feri-la. Enquanto o vestido secava à sombra, e ela desempoeirava um par de sapatos (por sorte do mesmo número de Albertina), deixou algumas lágrimas correrem até os lábios vermelhos.

Secou o rosto com o nó dos dedos e assoou o nariz com o avental.

— Agora, sim, dom Eusébio se casa de novo.

22

Chegado o dia, às três da tarde em ponto, começaram os preparativos para a noite no Teatro Solís. Na banheira de água quente que Célia havia preparado, Albertina teve tempo suficiente para relaxar, recitando mais uma vez Baudelaire, feliz, ébria de tudo e sem nenhum fardo. Os encantos e curvas do tempo enfeitam o coração. O convite de dom Eusébio e a perspectiva de conhecer a vida do Novecentos além dos jardins da quinta provocaram-lhe o desejo de não querer voltar, pelo menos não naquele dia.

Quando saiu da banheira, o ar frio grudou como geada na pele quente. Não se importou. A sensação que lhe provocava tremor fazia com que se sentisse mais viva que nunca. Secou-se envolta na nuvem de lavanda que exalavam ela e a água da banheira. Quando entrou no quarto, vestindo a roupa de baixo e protegendo-se do frio com uma toalha seca, Célia já a esperava com um espartilho sobre a cama e o semblante impiedoso, claramente remexendo ideias amargas.

— E pensar todos os anos que servi nesta casa... — disse a si mesma com tristeza. Alguém tomar o lugar que acreditava pertencer-lhe era mais fácil do que imaginara.

Enquanto mexia o caldo espesso da inveja e do ciúme, Célia ajustava o espartilho como se quisesse parti-la ao meio. Por sua vez, Albertina sentia que os pulmões encontravam uma barreira que não permitia que se expandissem, e as formas que se acentuavam no corpo impediam a espontaneidade de movimentos. Experimentava o molde ao qual tinha que se submeter para ser uma mulher apresentável. Mesmo que pudesse ter recusado a prisão disfarçada de *lingerie*, quis uma vez na vida saber como eram os costumes mais íntimos daquela época. Uma sensação feroz de claustrofobia a invadiu, e quando pensou que já não poderia mais suportar a vontade de ver-se livre da peça sinistra, deixou escapar um gemido.

— Não se queixe, senhorita. Não quis vir para esta época? Não aceitou o convite de dom Eusébio? Bom, pois agora aguente. Por aqui é preciso andar no molde.

Quando Célia acabou de amarrar a fita, viu que Albertina não conseguia endireitar-se. Era notório que tentava adaptar sua existência ao precário espaço em que a respiração se confinava. Por sorte, ela estava ali para salvá-la e colocá-la em boa postura. Foi assim que pôs uma das mãos por trás da cintura e a outra no peito, e sem pena, aprumou-a bruscamente.

Albertina caiu no vazio e quando acordou, estava no chão. Alguns segundos antes de abrir os olhos pensou ter viajado de volta ao sótão e se perguntou como faria para tirar o espartilho e apresentar-se diante dos pais.

Equivocava-se. Contemplando seu desmaio, com mais regozijo que culpa, ali estava Célia. Sabendo que ajustara o espartilho na medida de sua raiva e não da moda, ajudou-a a levantar-se e afrouxou-o de maneira que a elegância permitisse respirar um pouco melhor.

Albertina comprovou mais uma vez que a beleza que molda é a mesma que deforma. Com os sentimentos podia acontecer algo parecido. Assim como a amizade embeleza a alma, o ciúme pode deformá-la. Virou-se e a olhou profundamente, com os olhos vidrados.

— Só vou acompanhá-lo.

Célia assentiu em silêncio, agora com mais culpa que regozijo. Com o olhar fixo na bainha da longa saia, pediu licença para sair, deixando-a sozinha para que acabasse de se arrumar.

Ao sair do quarto, foi ver dom Eusébio, que já vestira o terno que mais cedo ela mesma dispusera em perfeita ordem sobre a cama, para que ele pudesse arrumar-se sem titubeios. Quando estava acabando de colocar a gravata, Célia bateu na porta e entrou sem esperar qualquer permissão.

— Está muito elegante — disse em tom seco.

Alguma coisa provocava uma dor indescritível. Se tivesse conhecido os invernos europeus, diria que era algo similar a uma bola de neve que lhe queimava a garganta.

Célia ajeitou-lhe a gravata desalinhada e o penteou sem os mimos brutos de sempre. Quando cada fio encharcado de brilhantina ficou no lugar, dedicou-se ao bigode, alcançou-lhe o anel de rubi que pertencera ao pai e a bengala. Tudo foi um ritual mecânico e silencioso, sem nenhum comentário habitual.

A opacidade de modos somou-se ao "como quiser, senhor" entrecortado mais uma vez pela consternação, quando do ele pediu que escolhesse joias que combinassem com o vestido que Albertina usaria naquela noite. Assim fez Célia, que bateu na porta do quarto e, sem entrar, deu-lhe uma caixa de veludo preto.

— O senhor mandou. Eram de dona Leocádia. Então, muito cuidado.

Quando Célia se afastou pelo corredor, Albertina tornou a deslumbrar-se com o conjunto de colar, brincos e bracelete de esmeraldas sobre a almofada do estojo, o qual Célia já lhe mostrara uma vez. Ao colocar as joias, ficou admirando-se no espelho, comprovando que de fato parecia uma mulher da época. Estremeceu-a de repente a ideia de que podia escolher um tempo, o que significaria desgarrar-se do outro. Suspirou, tentando acalmar o desassossego. Naquele momento, a opção era continuar vivendo.

Alguns minutos mais tarde, os três se encontraram no salão. Célia teve que admitir: Albertina parecia a mais fina joia de Montevidéu. Também não deixou de observar que ao lado de dom Eusébio, formavam um casal impecável. O ciúme deu lugar a um pouco de ternura, porque foi impossível não lembrar de dona Leocádia. Além disso, fazia tempo que não via dom Eusébio tão feliz. E assim, num instante de trégua, abriu-lhes a porta em respeitosa cerimônia e antes que Albertina saísse, alcançou-lhe o que faltava para que sua elegância estivesse completa: um leque.

Albertina deparou-se com um elegante carro preto, com faróis e outros detalhes no que parecia um reluzente bronze e impecáveis rodas delgadas e brancas. Não tinha janelas, somente uma capota. Sobre a grade, havia lindas letras que desenhavam na transversal o nome Cadillac.

O chofer, que ela jamais havia visto, de uniforme tão impecável como o carro, desceu, cumprimentou-os com uma reverência e abriu-lhes a pequena porta, puxando da argola oval. Muito cortês, ofereceu a mão para que subissem.

Albertina tentou acomodar-se o melhor possível no assento de respaldo botonê. Sua respiração trancava, não por estar emocionada, como dom Eusébio poderia ter imaginado, mas porque o espartilho aprisionava as costelas. De qualquer forma, as varetas não impediram o sobressalto quando, inesperadamente, o chofer apertou a pera de borracha que fez soar a buzina.

Célia ficou na porta. O momento de ternura já havia passado. Voltava ao ciúme de antes. Sentia que escorria, como areia entre os dedos, a oportunidade de alguma vez estar no lugar de Albertina. Retribuiu a buzinada com um simples aceno e o semblante amargo.

Quando iam a impressionantes vinte quilômetros por hora pelo caminho bordeado de ciprestes, ambos sorriram. Ela, porque se sentia mais feliz do que nunca, dentro do lindo vestido (apesar do espartilho), andando em um Cadillac rumo ao Teatro Solís. Ele, porque revivia um momento que tantas vezes repetira no passado. Dom Eusébio permitiu-se por alguns instantes não estar com Albertina, mas com Leocádia. Era uma fantasia piedosa que se avivava com a mistura do aroma de lavanda e o perfume de outra época que continuava aferrado ao vestido.

23

    Ao chegar ao Teatro Solís, Albertina viu o mesmo pequeno gigante que conhecia dos anos futuros. Tinha a alma de sempre, sua majestosa simplicidade, os quatro degraus serpenteando a fachada, e a robustez das colunas refletidas no elegante piso xadrez. Tudo sob o sol de semblante generoso e olhos muito abertos, fosse dia ou noite.

    Ao entrar, o mesmo triângulo amoroso entre as linhas retas, a redondez das colunas e a escadaria ao fundo do saguão. Albertina deslumbrou-se, além disso, com aquele espetáculo noturno que começava muito antes da função. Ainda que o bom-gosto apertasse com crueldade a sua figura e a de todas as mulheres que circulavam pelo teatro, contemplou, controlando-se para não demonstrar surpresa, o desfile de vestidos verdes, azuis, bege, amarelos e cinza, bordados e lisos, os penteados e joias, os trajes e bengalas, os modos que só vira congelados em caixas de fotos antigas. Entre encontros e saudações, conversas e risadas bem entoadas, circulavam fragrâncias europeias, e ela deixava-se envolver por aquela efervescência de sedas e perfumes.

Observando com deleite o recorte da vida que passava diante de seus olhos, chamou-lhe a atenção um pequeno estúdio fotográfico improvisado à esquerda da entrada do saguão. Julián Romay, assim se apresentava a todos que passavam, oferecia o serviço de eternizar a *soirée* de gala. Os elegantes casais poderiam ter uma lembrança da noite em que estreava, junto com o espetáculo, sua novíssima máquina vinda da França e a nova decoração do teatro.

Albertina não resistiu àquela oportunidade e deteve-se com uma parada brusca.

— É que tem um fotógrafo e quero tirar uma foto. Uma recordação desta noite, só isso.

Dom Eusébio assentiu. Era a primeira coisa que lhe pedia depois de tantos dias em sua casa, e entendia que, para os que vivem sob a luz, as lembranças se filtram pelos olhos. Por isso, não se opôs a que ela tirasse a foto, mas ele não. Achava humilhante não poder ver a própria imagem sobre um pedaço de cartão.

Albertina aproximou-se do cenário montado com uma cortina em tons mostarda, o tapete preto, vermelho e bege, uma cadeira ao lado de uma mesinha redonda sobre a qual havia um vaso de porcelana branca com um arranjo de flores amarelas. Era uma pena que as cores se perdessem, diluídas na superfície monocromática, pensou.

Entretanto, naquela noite, nada teve tanto poder sobre ela como os olhos verde gato do fotógrafo sob a viseira da boina de lã cinza. Julián também não conseguiu escapar do feitiço do olhar profundo de Albertina. Por um instante em que o tempo deixou de existir, tudo ao redor tornou-se espuma de mar. Tudo se reduziu a um olhar infinito.

Albertina não queria afastar-se daquele canto. Atravessou flutuando a fronteira entre o piso gelado do saguão e o tapete, enquanto Julián Romay cumprimentava dom Eusébio com um aperto de mão. A forma digna com que portava seu traje simples, sem se importar com a pompa nem a circunstância, provocaram-lhe uma ternura instantânea. O único luxo que ostentava era a moderna máquina, que não deixava de anunciar a todos os casais que se aproximavam.

Não foi fácil tirar a foto. Albertina, com picardia, ensaiava poses cheias de pequenas torpezas com a intenção de que Julián saísse de trás do aparelho para ajeitá-la, tocando "com todo o respeito, senhora", a mão mal posicionada ou o braço em desarmonia. Ele perdeu tempo e alguns clientes que não quiseram arriscar-se a ter que subir correndo a escada do teatro por uma foto. Não se importou. Ambos tentaram, entre desacertos calculados e um grande prazer compartilhado, perpetuar a felicidade súbita que os invadia.

A pequena nuvem do *flash* foi o sinal de que a cerimônia estava terminada, porque assim tinha que ser. Julián continuaria ali trabalhando e Albertina assistiria à função. Ao despedir-se de dom Eusébio, o fotógrafo deu a ela um papel com o endereço do estúdio. Se quisesse, a foto estaria pronta no dia seguinte. Ela agradeceu sem dizer quando nem se alguma vez iria buscá-la.

Subiu a escadaria com dom Eusébio, mal sentindo os degraus sob seus pés. Um calor subia do peito e a ruborizava. Abanava-se com a desculpa de que fazia muito calor pela quantidade de gente. Jamais experimentara aquela sensação, uma alegria diferente e súbita. Sentia-se viva, como quando deixou a água quente da banheira horas antes. Daquela noite em diante, a imagem de Julián sempre a acompanharia, para fazê-la lembrar que o coração pode ser feliz.

A caminho dos assentos, muitos vieram cumprimentar dom Eusébio Garay, surpreendidos de vê-lo, já que havia aparecido muito pouco nos últimos anos. Apresentou Albertina Belmonte como uma prima distante que estava visitando Montevidéu. Ela, por sua vez, mal reteve nomes e traços, porque continuava submersa nos olhos verdes de Julián. Por sorte, pôde emergir quando as luzes se apagaram. Sabia que estava a ponto de ver algo grandioso, e assim foi quando as cortinas se abriram e a chuva de aplausos caiu sobre Sarah Bernhardt. Pensou que desmaiaria outra vez, porque o espartilho não lhe permitia respirar forte pela intensidade da emoção. Agarrou-se ao braço de dom Eusébio. Tinha diante de seus olhos a atriz que conhecia dos cartazes de Mucha que Florêncio mostrara-lhe uma vez. Estava ali, como em um sonho. Voltava a Montevidéu depois de ter-se apresentado no Teatro Urquiza, como explicara dom Eusébio a caminho do Solís.

Quando Albertina estava emergindo, Célia, sob a luz da lamparina de seu quarto, submergia-se mais uma vez em um pranto sem freio. Aliviava finalmente a terrível dor de garganta que aguentara durante os longos preparativos da saída de dom Eusébio e Albertina. Apagou a lamparina chorando, com a esperança de voltar à superfície quando amanhecesse.

24

Na manhã seguinte, Albertina acordou ainda cansada, como se não tivesse dormido nem um minuto. Tudo fora emoção demais: o Cadillac, o Teatro Solís, Julián Romay e, inclusive, a morte de Sarah Bernhardt (porque era verdade o que lera uma vez, ninguém morria em cena com tanta maestria).

Arrumou-se para começar o dia como todos os demais e devolveu o vestido, os sapatos e as joias. Célia recebeu tudo em silêncio, com os lábios pálidos e os olhos inchados como pêssegos em calda. Albertina ficou com pena.

— Célia, com Eusébio só tenho amizade.

— Eusébio? Mas onde já se viu? Dom Eusebio pra ti, senhorita!

Jamais o mencionara assim, e prometeu-se nunca mais fazê-lo. Era mais fácil acalmá-la com um "dom" ou um "senhor", do que brigar cada vez que o mencionasse de forma tão próxima. Se uma coisa havia provado, era que Célia podia ficar amarga como chá de alcachofra e, para o seu próprio bem, era melhor evitar.

Na sua frente, continuaria sendo dom Eusébio, embora em poucas semanas eles tivessem abandonado as formalidades. Desfrutavam da companhia um do outro como se fossem conhecidos de longa data. Desde o primeiro momento, Albertina viu a grandiosidade daquele homem tão simples. Ao seu lado, experimentava a segurança ingênua dos que acreditam em um salvador, como se ele pudesse aliviar o sentimento de abismo que suas viagens no tempo lhe provocavam, ainda que jamais as tivesse mencionado. Nos saraus privados, em especial quando comentavam as notícias cotidianas, Albertina sentia que dom Eusébio lhe estendia a mão e, por alguns instantes, tirava-a do milharal de ideias no qual se enfiava cada vez com mais frequência. Suas idas e vindas confirmavam duas condições do espaço e tempo que jamais poderia dominar, a ubiquidade e a inexorabilidade, que a faziam duvidar da simples condição de "estar". Queria os dois tempos e, às vezes, não queria nenhum.

Ao invés de discutir, preferiu desabafar ela também.

— Quero estar aqui, mas também sinto falta da minha casa, Célia. Sinto falta do meu tempo e às vezes não sinto falta de nenhum.

— Pois tivesses dito isso antes. Quando quiseres, eu te dou um dia de folga, para ver se dás uma voltinha pela tua casa, te aconselhas com a tua mãe e voltas menos atrevida.

Mas antes da folga, teria que acompanhá-la até *Ciudad Vieja*, para comprar o presente de dom Eusébio, que completaria cinquenta anos em poucos dias, e para fazer algumas compras porque estava preparando uma festa surpresa. Albertina ficou feliz, pois queria ver Montevidéu sob o sol e sem gala. Ao mesmo tempo, desejou estar com seus pais.

25

Era final de julho. Porém, a manhã encharcada de luz surpreendia pela temperatura quase primaveril. Na *Plaza Independencia*, na esquina da Boulevard Sarandi com Juncal, na frente do Hotel Severí, Célia e Albertina desceram do modesto Ford que dom Eusébio tinha para todos os dias.

Albertina, em total encantamento, girava lentamente sobre si mesma, como se fosse gravar nas retinas todo o entorno, a paisagem urbana tão familiar e longínqua ao mesmo tempo. Por todos os lados, encontrava detalhes que cruzariam décadas e que lhe provocavam uma onda de *déjà vu*. Para seu assombro, Montevidéu nessa época era uma cidade muito plana. A *Plaza Independencia* não estava sufocada entre edifícios altos, e tampouco a *Avenida 18 de Julio*, que se mostrava ao longe sem sombras. O Palácio Salvo ainda não existia. *Ciudad Vieja* era um conjunto de maravilhosas fachadas respirando a pleno pulmão, à beira do rio e sob um céu azul intenso que se via muito amplo e ainda com tons de maio que resistiam em desvanecer.

— Deixa de dar voltas que nem um pião. Temos que caminhar muito.

Célia tirou-a do êxtase com um puxão e a levou pelo braço por Boulevard Sarandi. Que fizesse o favor de não a fazer perder tempo, que ela a tinha trazido para ajudar a escolher o presente e não para passear. No entanto, Albertina continuava hipnotizada por essas ruas e esquinas que mostravam fachadas onde o tempo não se via incrustado com fortes garras. Por Sarandi, o sol da manhã mal lhes tocava a pele e os vestidos; caminhavam sob os toldos estendidos das lojas. À altura da ótica Pablo Ferrando, Albertina comentou entre risadas:

— É como se as vitrines tivessem as pálpebras caídas.

Célia não achou graça. Suspirou olhando para cima, pedindo paciência ao Senhor das Alturas.

Ao chegar à esquina da *Plaza Constitución*, entraram no *Bazarcito*. Viram toda classe de artigos. Albertina gostava de quase tudo, em especial de uma nova coleção de artigos *art nouveau* recém-chegados de Paris, que conhecia tão bem das revistas de arte que Florêncio lhe mostrava com frequência. Era lindo ver aquelas peças na vida corriqueira e não como objetos estáticos de museu. Porém, não encontraram nada de que dom Eusébio pudesse gostar.

Mesmo sem ter comprado nada, cada uma deixou o *Bazarcito* com um pequeno pacote de faz de conta. Albertina levou-o com convencimento apenas depois que Célia lhe explicou que não era elegante sair de mãos vazias, e por isso cada cliente ganhava um embrulho antes de deixar a loja. Voltaram por Sarandi caladas. Albertina se divertia com a ideia de luzir um pacote cuja única função era encher os olhos dos outros.

Na esquina com Bartolomé Mitre, dobraram à esquerda, e ela sorriu de leve quando passaram na frente do estúdio de Julián Romay. Seguiram reto. Não contou a Célia sobre a foto no Solís, porque a coitada já sofrera demais por não ter sido ela a convidada. Também não quis compartilhar as cócegas que a lembrança daqueles olhos verdes lhe provocava.

Pela rua Rincón, na vitrine de *La Ibérica*, Célia viu uma jarra de vidro azul transparente, da qual saíam dois tubos flexíveis, forrados em tecido e enroscados nos lados, com uma boquilha em cada ponta.

— Chama-se narguilé e se usa para fumar — explicoulhe Albertina.

Não gostou. No entanto, o artefato de aparência curiosa deu-lhe uma ideia de presente perfeito. Outra vez foram até a *Plaza Independencia* e a atravessaram até chegarem à frente do *Café y Chocolatería La Giralda*. O mesmíssimo cartaz que se estendia por toda a fachada anunciava charutos, o presente em que Célia havia pensado.

Não teve coragem de entrar. O que pensariam dela? Uma mulher pedindo charutos... Albertina, no entanto, não via nenhum problema. Não tinha certeza se isso vinha de alguma centelha de feminismo que seu pai tanto abominava ou se era devido a sua existência tão peculiar que, se bem embaralhava-lhe as ideias e a fazia duvidar cada vez mais sobre sua pertença a algum lugar, naquele momento a favorecia. Não tinha amarras. Então, com o queixo para cima, entrou levando o dinheiro que Célia economizara durante meses, e saiu poucos minutos depois com a caixa de havanos e um sorriso largo como teclado de piano.

Como faltava mais de meia hora para que o chofer passasse para pegá-las no mesmo lugar onde as deixara, e como Célia contagiara-se com a alegria pura e simples que ter a caixa de charutos nas mãos propiciava, as duas estiveram de acordo que precisavam comemorar a missão cumprida. Do café, voltaram à *Plaza Independencia*, e Célia comprou algumas balas do suíço que vendia as novas Kande, perto de onde até o ano anterior estivera a estátua do presidente Joaquín Suárez.

— Ah! As balas da minha infância!

— Impossível, senhora. Comecei a vendê-las faz pouco tempo — disse o vendedor, com um forte sotaque estrangeiro.

Albertina sorriu.

— Desculpe. Devo ter me confundido.

A resposta do vendedor suíço foi um golpe que a tirou de seu milharal. As ideias e os sentimentos se desenredaram como que por encanto e percebeu que, para completar, ela nem sequer havia nascido. Então, o que fazia ali? Qual era seu verdadeiro propósito? O açúcar da bala Kande não conseguiu ser mais forte que o sabor amargo do momento.

O deslumbrante passeio por *Ciudad Vieja* e o regozijo de ter encontrado o presente perfeito para dom Eusébio não impediram que Albertina ensombrecesse, porque não importava seu esforço para adaptar-se; faltava alguma coisa. O segundo golpe veio quando se sentaram em um banco. Viu passar uma mulher com vestido e chapéu, levando um carrinho de bebê decorado como uma filigrana, e então, no mais profundo de sua alma, reconheceu que definitivamente jamais pertenceria a essa época. Não podia mais enganar a si mesma, nem dissimular. A fortuna de perder o rumo no universo tornava a pesar-lhe, e descobria que não era o que buscava.

Tomou uma decisão e, com o semblante ensombrecido, compartilhou-a com Célia, que a escutou calada. Ao ver que Albertina estava resolvida e não mudaria de ideia, pediu-lhe só uma coisa: que estivessem juntas no aniversário de dom Eusébio. Não pôde negar-se. A prova de que Célia gostava dela, apesar dos ciúmes, foi a lágrima que abriu seu caminho sobre a bochecha.

26

Aquela noite, Albertina voltou a sua época, ao mesmo dia em que havia buscado o batom que presenteou a Célia. Porém, não eram duas da manhã como da primeira vez, mas seis e meia. Não havia mais dúvida de que os lapsos pelos quais perambulava no tempo não corriam no mesmo ritmo e a assincronia jogava a seu favor. Ainda assim, não tinha certeza se era devido a algum mistério das engrenagens do universo ou talvez à falta de prática para cair no minuto que quisesse.

Voltou com a intenção primeira de procurar um presente de aniversário para dom Eusébio. Queria deixar-lhe uma lembrança muito pessoal, uma expressão sincera de gratidão por lhe ter confiado as tardes de leitura na biblioteca, sua amizade e a magnífica *soirée* no Solís.

Também não poderia esquecer Célia que, além de ter-lhe oferecido cumplicidade, na medida em que o ciúme permitia, acreditou nela. Seu presente exigiria muitas horas, mas isso estava longe de ser um problema.

Desceu a escada do sótão o mais rápido que pôde e enfiou-se no quarto. Olhou ao redor: as cortinas, a cama, o roupeiro. Descobriu que, diferente do que lhe ocorrera antes, agora suas coisas não somente pareciam distantes, mas também não lhe davam boas-vindas. Tudo tão longínquo... Albertina já não pertencia. Outra vez se sentia sem engaste, dona de um sem-onde e um sem-quando incalculáveis, aos quais não pôde dar atenção porque tinha dois presentes de que se ocupar.

Tudo continuava tranquilo, como da última vez em que aparecera. Arrumou-se antes que a casa acordasse. A vida corria no mesmo curso, enquanto ela acabava de viver muito mais em seu parêntese de existência.

Naquela manhã, tomou café com sua mãe na estreita mesa da cozinha, sobre a toalha de plástico pegajoso de gordura e açúcar de todos os dias. Gertrudes estranhou que não tivesse querido tomar café rápido para subir até o sótão como costumava fazer, e que, além disso, a abraçasse e lhe desse beijos como se acabasse de chegar de uma longa viagem. Notou a filha exausta, com olheiras, como com um cansaço de viver.

Depois do café da manhã, Albertina foi para o antiquário com Florêncio. Gertrudes acompanhou-os até a porta e despediu-se deles acenando com a mão, como quando iam juntos para a escola. Ao fechar a porta, recordou como saíam com as túnicas brancas e laços azuis bem passados. Ao contrário de Florêncio, que voltava impecável, Albertina geralmente chegava com a túnica imunda e usando o laço para amarrar os livros. Gertrudes foi para o fundo da casa, seguindo o rastro de perfume que o filho deixava todas as manhãs.

27

No antiquário, Albertina encontrou o que procurava. O presente perfeito para alguém que podia ver apenas através da ponta dos dedos. Estava certa de que dom Eusébio saberia apreciar a delicadeza daquela réplica que, em 1907, seria impossível conseguir.

Voltou na hora do almoço, junto com o irmão, e depois de comer, dedicou um momento ao sótão. Observou como era pequeno e, ao mesmo tempo, imenso perante tudo o que havia lido e experimentado entre as estreitas paredes.

Já não era a mesma. Continuava com a sensação de que nada era igual. A casa não era sua. Nada era seu. Qualquer objeto que tomava nas mãos parecia alheio. Não cabia nem lá nem cá. Comprovava que nenhum lugar nem tempo serviam, e isso lhe provocava uma profunda sensação de desterro. Mais que dados, o universo jogava xadrez, e começava a pensar que talvez ela fosse uma peça fora do tabuleiro.

Fechou a porta do sótão e desceu. Gertrudes, que fazia biscoitos para a tarde, escutou os passos que ecoavam pesados na madeira envelhecida dos degraus e soube que a filha estava triste. Chegou a pensar com certo alívio que talvez começasse a perder o interesse pelos livros.

Albertina trancou-se no quartinho de costura e, como antes, no auge de seu interesse pela ciência, saiu muito poucas vezes para comer. Pediu à mãe que não entrasse com comida, para não correr o risco de manchar os tecidos; que a deixasse do lado de fora, numa mesinha ao lado da porta. Não queria perder tempo nem sequer para ir até a cozinha. Preparava um vestido para Célia. Sem medidas exatas e usando nada além da memória, criava um modelo de acordo com a época da amiga e que vestisse com elegância sua bela redondez. Costurou dias inteiros com suas noites, e dormiu em pequenos intervalos. Precisava voltar antes do aniversário de dom Eusébio e tinha que ter certeza de poder chegar alguns dias antes da festa.

Foi assim que em pouco tempo alinhavou um vestido e um colete longo, de tecido bordado, que cairia muito bem na figura da amiga. Dobrou-o com cuidado, embrulhou-o em papel, e o deixou sobre a cama, ao lado do presente de dom Eusébio.

Jantou com a família. Era a última vez, e Albertina despedia-se em segredo. Os pais e o irmão comiam e conversavam, inocentes. O fato de que dessem por certo que continuariam vendo-a provocava nela uma pena infinita, mas, ao mesmo tempo, estava certa de que seu destino era desaparecer nas névoas do universo. Só assim se salvaria de uma vida infrutífera. Sobreviveriam sem ela, consolou-se, da mesma forma que sobreviveram à ausência inexplicável de vô Roberto.

Os homens da casa se retiraram mais cedo. Albertina deu um longo abraço em Florêncio e quando ele se aproximava da porta do quarto, um *"te quiero mucho"* ecoou pelo corredor. Em Mário, deu um beijo de boa noite como tantos. Tentou também um abraço, mas como ocorria cada vez mais seguido, desde que ela se dedicou a tudo o que não concernia a uma mulher, suas demonstrações de carinho não encontravam o regaço cálido de seu pai.

Ficaram as mulheres, que tomaram chá em silêncio. Já se sentiam acompanhadas o suficiente para falar. Albertina queria dizer tantas coisas... Preferiu ficar calada. Não queria começar a chorar. Observou as veias grossas que atravessavam as mãos da mãe sob a pele ressecada pelos trabalhos domésticos, as unhas opacas. Olharam-se nos olhos e sorriram. Albertina logo se concentrou no chá; não podia manter o olhar. Quando terminaram e se deram boa noite, sentiu um golpe no peito. A garganta doía e não sabia quanto mais aguentaria.

Esperou que a mãe fechasse a porta do quarto e então chorou. Como sabia que já não voltaria, caminhou pela casa despedindo-se de cada canto, por mais alheio que lhe parecesse: a cozinha, as lajotas do corredor, a claraboia da sala, a salamandra que tantas noites lhe esquentara os pés, a biblioteca, o quarto de vó Graciana e seu próprio quarto.

A casa parecia triste, mas sabia que era pelo momento que atravessava. Deteve-se na frente do espelho da sala, secou as lágrimas e se deu conta de que tinha o mesmo semblante de seu avô, quando o viu subir pela escada do sótão pela última vez. No entanto, ao olhar-se nos próprios olhos, viu uma força que reconheceu como unicamente sua. Foi quando, num gesto de carinho consigo mesma, levantou a mão direita e fazendo dançar os dedos, despediu-se da própria imagem.

28

    Do outro lado, era a madrugada do dia em que partira, porque ela quis assim. A tristeza a acompanhara através do tempo. Albertina chegou com o mesmo pesar com que deixara sua casa. Como se não bastasse, ali também começava a se despedir de tudo. A quinta tomava ares nostálgicos, porque o momento de ir embora se aproximava.
    Não quis pensar muito, também não se deu tempo para sentir. Depois de colocar os pacotes ao lado de lavatório, atirou-se na cama, a cuja firmeza já se habituara, e dormiu agradecida por ter chegado a tempo de comemorar o aniversário.
    Começou o dia como sempre e, depois do café da manhã, foi falar com dom Eusébio. Sabia que estragava a surpresa de Célia, mas contou-lhe sobre o chá que ela estava preparando para o seu aniversário, porque precisava fazer um pedido especial.
    Riram muito quando ele contou que a surpresa se repetia ano após ano. Célia sempre tinha a ilusão de surpreendê-lo, e ele já tinha a comoção guardada no bolso, tirando-a com uma alegria calculada, que a deixava nos céus. Ainda que não o expressasse com frequência, sabia reconhecer

tudo o que aquela mulher fazia por ele. Então ele tolerava, uma vez por ano, a extravagância e o atrevimento de que lhe enchesse a casa de gente. A risada de Albertina também foi de alívio.

Perante o que dom Eusébio lhe contava, tudo se tornava mais fácil. Foi assim que pediu, por todos os anos que lhe servira com tanta lealdade, que permitisse que Célia participasse como convidada do chá de aniversário.

— Só desta única vez. Por favor.

Ao mesmo tempo que refletia com o cenho franzido, Albertina esperava com as mãos irmanadas em súplica.

— E quem vai se encarregar de receber os convidados, da cozinha e servir?

— Disso nos encarregaremos as duas. Estou aqui para ajudá-la.

Dom Eusébio tornou a afundar-se no silêncio daqueles que deliberam alguma coisa importante, sem ver também como a essa altura ela esfregava as mãos com ansiedade.

— Está bem, mas que se apresente como se deve.

Que não se preocupasse, disse Albertina, que isso ela já tinha encaminhado, e antes de acabar de dizer isso, abraçou-o de repente. Dessa vez, sim, ela passou para o pátio, mas não se importou. Com essa alegria sem freios retirou-se da biblioteca, deixando dom Eusébio ainda paralisado com a surpresa do abraço, e entrou na cozinha com a notícia de que teria que fazer milhares de ajustes no vestido que trouxera.

— De que vestido estás falando? — perguntou Célia, que estava acabando de secar as panelas.

— Do que vais estrear no aniversário de dom Eusébio. Foste convidada, como as outras damas.

E com tamanha notícia, teve que se segurar no balcão e respirar fundo. Albertina nunca a tinha visto tão contente. Do que Célia nunca ficou sabendo, foi que aquele não era um simples gesto de amizade ou gratidão. O fato de ela participar do chá aliviava-lhe a pena e a culpa que lhe provocaram a imagem da amiga ao despedir-se com ares funestos, na noite em que ela foi com dom Eusébio ao Teatro Solís.

Trabalharam rápido. Depois se trancaram no quarto de Célia para provar o vestido. Com os ajustes feitos, as duas costuraram à mão e às pressas. Perderam a conta das horas que passaram ali.

Algumas imperfeições nas costuras dos lados, sobre a cintura, ficaram escondidas sob o colete longo que lhe serviu como uma luva e ao qual não tiveram que fazer nem um só ajuste. Dois dias mais tarde, Célia se veria linda em seu vestido cinza escuro, tão dama como as demais, se controlasse um pouco os modos.

Quando fizeram a última prova, depois de tirar o vestido com cuidado para não o amassar, as duas se abraçaram. Célia, por gratidão; Albertina, por amizade; e ambas porque sabiam que começavam a se despedir.

29

Tudo encaminhado: chá, convidados, o vestido de Célia, seu destino. Albertina estava com medo do que viria depois do aniversário, mas ainda disposta a continuar brincando com as agulhas do relógio cósmico e pular sobre suas engrenagens, para escapar da vida monótona disfarçada de felicidade que lhe propuseram desde muito pequena, quando uma casa e um marido eram o melhor que a vida tinha a oferecer-lhe. Agora sabia que podia controlar suas idas e vindas, por isso também seria fácil deixar-se levar ao acaso, uma última vez, se o universo lhe concedesse a graça de encontrar um lugar e um tempo que ela pudesse abraçar de verdade. Ela queria encontrar um lugar, pertencer e mais nada. Porque era fato: por mais atraente que fosse visitar outras épocas, estava cansada de tanto partir e chegar, e esgotada pela constante indecisão.

Porém, antes de procurar esse lugar sonhado, e porque não estava disposta a ver a vida passar como de braços cruzados numa sacada, pela primeira vez quis despir-se de toda imposição. Deixou as tarefas da casa, tomou banho com sabonete de lavanda, vestiu-se sem muitas voltas e, lógico, sem espartilho. Depois, maquiou-se o suficiente para satisfazer a si mesma e não aos outros. Penteou-se sem grande esmero, porque seu cabelo merecia ser visto com suas ondulações naturais. Quando sua beleza esteve livre e falou por si mesma, pediu a Célia que chamasse o chofer. Tinha que ir ao estúdio de Julián Romay.

30

Julián Romay teve uma grande surpresa ao abrir a porta do estúdio e encontrar Albertina Belmonte. Mostrava um encanto diferente, muito distante da beleza enclaustrada que conheceu no Solís. O rubor queimava-lhe o rosto, não sabia o que fazer com as mãos, nem o que dizer.

— Boa tarde, senhorita, passe.
— Boa tarde.
— Fique à vontade. Veio buscar a foto, não é mesmo?

Enquanto esperava, Albertina caminhou pelo estúdio, desfrutando mais uma vez de cada detalhe a cores do que conhecia em preto e branco ou sépia. Pensando em todas as fotos que viu no antiquário do irmão, imaginou quantas talvez teriam sido tiradas naquele mesmíssimo lugar. Tocou as tapeçarias que cobriam as paredes a modo de cortinas e no meio do salão viu algo como um divã composto de grandes almofadas.

Logo pôs-se atrás do biombo. Sabia muito bem o que queria.

— Se puder, gostaria que me tirasse outra foto.
— Pois não.

Julián ficou contente por tê-la mais um pouco no estúdio. Já tinha a foto da outra noite na mão. Deixou-a sobre a escrivaninha.

— Vou preparar a câmera enquanto a senhora se coloca aqui — disse-lhe, apontando para o cenário, mesmo que ele não estivesse vendo-a.

Atrás do biombo, Albertina encontrou-se com suas ideias inquietas. Vendo os vestidos pendurados no cabideiro e à disposição, considerou que, de fato, e como estivera pensando a caminho do estúdio, era pano demais o que sufocava a liberdade. Por isso, não pensou mais e fez o que fantasiara desde que conhecera o fotógrafo.

Pouco a pouco foi tirando a roupa. Começou pelos sapatos e o vestido. Depois, tirou a anágua e as meias. Continuou despindo-se até que se viu livre de todas as regras e luzindo apenas a carne branca no espelho. Ali, parada perante seu reflexo, encontrou-se com a imagem mais sincera de si mesma.

Sentiu o manto de umidade que a cobria e eriçava dos pés à cabeça. Percebeu-se tremendo, mas sabia que não era de frio. Respirou fundo e só tornou a soltar o ar quando saiu de detrás do biombo. Ela não tinha nada a perder (tornou a concluir, como quando estava a ponto de entrar em *La Giralda*, que não era uma mulher daquele tempo e, portanto, não tinha motivos para temer qualquer juízo). De toda forma, teve medo da reação de Julián.

Ao contrário do que imaginara, quando a viu sair do biombo, Julián soube manter o semblante tranquilo, mas não pôde evitar um gesto de respeito. Curvou-se perante ela, porque não era todo dia que uma mulher lhe oferecia sua beleza com tanta simplicidade. Não se atreveram a falar, apenas sorriram. O momento era sagrado.

Julián pensou que seria uma boa ideia enfeitar tamanha beleza com algo igualmente belo. Caminhou até ela dando cinco passos lentos. Teriam sido quatro se ela não tivesse dado um para trás, por um receio repentino. Ele se deteve. Tirou então um colar de pérolas do bolso.

— Dá-me a tua mão — disse-lhe num sussurro quase inaudível que mal roçou o silêncio de cristal.

Ela a estendeu, sentindo a batida forte do coração, sem suspeitar que o de Julián batia com a mesma força. A única coisa que se ouvia era a respiração suave e tremida de Albertina. Crescia nela o desejo de que aqueles olhos verdes a percorressem inteira. Entretanto, ele, com o olhar fixo nas pérolas, muito devagar, foi depositando-as uma a uma, de forma que se acomodassem com delicadeza sobre sua palma, até soltar o colar completo sem sequer tocar-lhe a pele, que imaginou suave como as pétalas de uma flor de magnólia.

Era tão longo, que ela teve que segurá-lo com as duas mãos. Tanta habilidade para não o deixar cair fez com que a nudez se tornasse um detalhe, ofuscando-se perante a perfeição nacarada das pérolas.

Julián deu meia volta e se distanciou. Albertina acomodou-se sentindo como as almofadas se ajustavam às curvas de seu corpo. Queria desfrutar cada segundo da aventura escondida naquele estúdio de um canto escuro em *Ciudad Vieja*. Brincou com a joia enquanto sentia que os músculos se distendiam fibra por fibra. Colocou as pérolas no pescoço e as fez correr de um lado para outro. Pequenas esferas de veludo frio na nuca. Depois tirou-o e mantendo-o no ar, fez com que as pérolas deslizassem por sua paisagem.

Deixava-se acariciar pelas pequenas luas cheias enlaçadas. Desde o pé direito até a coxa e do lado esquerdo, o mesmo. Sentia-se plena. Em seguida, passeou-as entre as pernas, onde uma urgência quente e úmida latejava pedindo Julián. As pérolas foram subindo até roçar-lhe o peito.

Naquele momento consigo mesma, em que quase tudo ao redor desaparecia, Albertina descobriu que era muito bom ser mulher. As pérolas lhe ensinaram sua verdadeira beleza, a que ninguém lhe havia contado que ela podia desfrutar. Ao provar as próprias delícias, descobria que ela mesma era fonte de prazer, e seu corpo estava feito para o amor.

Atrás da máquina fotográfica, contendo o êxtase dentro da calça, Julián parou e permitiu-se observar sem pressa a forma primorosa com que ela vivia seu deleite. Quando pôs novamente o colar ao redor do pescoço e o levantou com uma das mãos à altura dos olhos, ele lhe pediu que ficasse assim. Era o momento de eternizar a beleza em seu estado mais puro.

Mais tarde, e depois de pedir-lhe que fosse à quinta de dom Eusébio para tirar uma foto do aniversário, Albertina deixou o estúdio satisfeita pelo que se havia permitido fazer e, contente pelo que descobrira de si mesma, levando o desejo por Julián e a foto da noite no Teatro Solís. Sem nunca ter sido tocada mais que pelo colar de pérolas, sorria como se acabasse de perder a virgindade.

Não se arrependia. Sabia que se permitisse deixar-se levar pelos ímpetos do desejo, corria o risco de cair no abismo do coração e amarrar-se àquela época. Julián não lhe podia oferecer a liberdade que tanto almejava. Qualquer história de amor significaria arriscar-se a viver dentro de um molde estreito demais.

Assim que fechou a porta, Julián enfiou-se no laboratório para revelar a foto. Quando pôde ver a imagem estampada no papel, pensou que, assim como a gota de âmbar aprisiona um ser vivente, o sépia havia eternizado a formosura de Albertina e sua inveja do colar de pérolas.

31

Finalmente chegara o dia da surpresa que já não era surpresa para ninguém.

— Feliz aniversário, dom Eusébio. Que o senhor tenha muitos anos de vida e que eu tenha muitos para poder continuar servindo-o — disse Célia, pondo a caixa de havanos entre suas mãos. Isto é para que deixe descansar o cachimbo de vez em quando.

— Muito obrigada, Célia. Não precisava ter se incomodado.

Mais comovido que outros anos, estava contente por tê-la como convidada. Sabia o quanto ela continuava lhe sendo fiel depois de tantos anos, sem um só dia de descanso. Era mais que merecido participar da celebração. As formalidades e os comentários alheios não lhe interessavam, e como Albertina estaria ali, não tinha receios a respeito de seu comportamento.

— Tanto tempo tens estado comigo, Célia. Agradeço de verdade não só o presente, mas toda a dedicação. Sem ti, não sei como teria feito depois que a maldita escarlatina levou Leocádia.

— Obrigada pela confiança que sempre teve em mim.

— Já sabes que és minha convidada esta tarde. Como não posso te ver, quero ouvir os convidados comentando que estás muito bonita.

Ruborizada, com a voz tremida, Célia disse que a natureza não a havia agraciado muito, mas que faria o possível para estar bonita e, com sua licença, retirou-se.

Dom Eusébio ficou no salão, no ritual que antecede um dos seus maiores prazeres. Tomou o aroma de um dos havanos e o fez rolar entre os dedos. Depois, com incrível precisão, cortou a cabeça e o acendeu. As folhas estavam apertadas demais, mas quando a fumaça alcançou a boca... a suave coceira no paladar era de um prazer indescritível. Um sabor que somente a folha de tabaco banhada em rum antes da secagem podia proporcionar. Albertina escolhera bem.

Enquanto ele se deleitava na cerimônia solitária, Célia chegou na cozinha com passinhos apressados e se juntou a Albertina, que se certificava de que tudo estivesse em ordem: a comida (feita por um confeiteiro italiano recém-chegado na capital); a porcelana de Limoges e os dois lindos bules Paul Revere, as duas únicas verdadeiras antiguidades que reconheceu na casa. Concluiu que dom Eusébio era um homem do mundo que, tristemente, estava rodeado de belezas que não podia alcançar com toda a plenitude.

32

Não era habitual visitar aqueles lados de Montevidéu em épocas frias. Entretanto, aquele aniversário era um acontecimento ao qual ninguém se atrevia a faltar. Não eram muitos os casais convidados, porque poucos mantinham uma sincera amizade com dom Eusébio Garay, mesmo na lonjura do Prado.

Todos respeitavam sua vontade de viver isolado. Por isso iam, não sem o protesto de algumas senhoras, que, ao descerem do veículo, não tinham alternativa a não ser enterrar os sapatos na terra úmida e mole dos dias invernais. E foi assim que Albertina observou, muito divertida, como as elegantes mulheres que recebia à porta, e que levantavam a saia para subir os degraus da entrada, tinham meio salto enlameado.

No entanto, aquela vez a surpresa não foram os saltos nem os diferentes modelos franceses que as distintas damas luziam. Todos se espantaram ao serem recebidos por Célia Ocampo e Albertina Belmonte, a suposta prima distante de dom Eusébio, que passava uma temporada na quinta. Assim se apresentaram, e lindamente vestidas, participaram da comemoração enquanto elas mesmas, entre cozinha e salão, passavam bandejas e serviam o chá aos convidados.

— Como faríamos a minha mãe e eu em casa, Célia — dissera Albertina antes que chegassem os convidados.

No início, as senhoras se olhavam surpreendidas. Tal foi a naturalidade com que duas atendiam as conversas e os pratos e xícaras, que ao final, as demais convidadas também ajudaram a passar bandejas, intuindo que seriam novos costumes. Apesar disso, perguntavam-se entre elas e em discretos sussurros, se não seria um novo hábito parisiense ou talvez londrino.

Albertina e Célia, muito cúmplices, além de se ocuparem da organização, cuidavam-se entre elas. Rodeadas de bandejas e bules, Célia sussurrava-lhe pormenores e mistérios da vida de cada comensal, para que não cometesse nenhum deslize ou para divertirem-se em segredo. Por sua vez, Albertina cuidava os modos da amiga, e fazia sinal quando se passava nas risadas ou gestos.

Célia estava contente exibindo seu elegante vestido, com o cabelo recolhido em um lindo penteado e um leve toque de batom vermelho trazido do futuro e esparramado com o dedo. Não se reconhecia quando passava pelos espelhos do salão, e de vez em quando parava um instante para se apreciar.

Albertina a convenceu de que não precisava sufocar a beleza dos quadris femininos. Célia não estava certa dos argumentos da amiga, mas só para poder respirar com amplitude, aceitou a liberdade sob os panos, e as duas riram sem travas entre as senhoras de gestos espartilhados.

Albertina estava quase tão simples como no dia em que foi ao estúdio de Julián. Via-se com uma combinação de blusa e saia longa que ela mesma improvisou com algumas roupas de dona Leocádia. As senhoras não se sentiam muito seguras com a presença de Célia e Albertina. Assim como a forma de servir passando pratos e bandejas entre os convidados sem nenhum servente para se ocupar disso, havia uma familiaridade no trato e uma sinceridade nos gestos, que elas nunca viram nesse tipo de ocasião. O comportamento das duas confundia as convidadas e reforçava a sensação de que eram os ares frescos dos novos costumes. Não estavam erradas. Albertina trazia novos ares, ainda que não da forma como imaginavam. Assim transcorreu o aniversário, uma mistura de reunião entre amigos, tertúlia e visita com novidades, tudo alinhavado com o tilintar das porcelanas e o perfume dos jasmins sobre o piano.

Como fazia todos os anos, a esposa de dom Enrique Almendi, o amigo mais próximo, propôs declamar um poema em homenagem a dom Eusébio. Ela era conhecida no grupo não somente porque sempre trazia um poema, mas porque sempre tentava dizê-lo de cor, mesmo que esse não fosse seu dom. De qualquer forma, todos se calaram para escutá-la. Declamaria um de Delmira Agustini que, se não estava enganada, chamava-se *Carnaval*, muito apropriado para a ocasião, por ser festivo.

A senhora de Almendi ficou de pé ante a distinta plateia, felicitou mais uma vez dom Eusébio, com uma formalidade talvez desnecessária àquela altura da tarde. Começou então a declamar o poema, entre "Frufrus, tin tins, ... colares de risos, gritos alegres". Muitos versos titubeavam e se perdiam em ritmo e rima, porque talvez a falta de memória desse lugar à imaginação, da qual a bem-intencionada senhora se agarrava para poder prestar homenagem ao amigo.

Entre tropeços e estrofes pela metade, quando inclusive a imaginação falhava, vinham os silêncios tremidos. Quando isso acontecia, Albertina se inquietava.

— Continua, Petrona, estás indo bem — dizia-lhe dom Eusébio.

Ela sabia que não era verdade, mas apreciava a amabilidade infinita do amigo. Por isso continuou de onde pôde e terminou sua participação artística com "Por que estás alegre? / Não sei!... Porque sim!".

Todos a felicitaram com aplausos efusivos, como se acabassem de assistir ao mais sublime dos espetáculos.

— Muito obrigada, e feliz aniversário, Eusébio — disse com o tom um pouco frustrado e divertido ao mesmo tempo, enquanto voltava para o seu lugar.

Depois do poema, continuando com os ares festivos da tarde, e como sempre, Enrique Almendi pediu a dom Eusébio que tocasse uma peça ao piano. A modo de improvisação, "vejamos... o que eu posso tocar...?", acabou despertando o gigante negro e lustroso com um habitual noturno de Chopin.

Sabendo que isso acontecia ano após ano, Célia chamava o afinador alguns dias antes do aniversário. Não permitiria que uma nota malsonante machucasse, não os seus, mas os ouvidos refinados dos demais presentes. Para ela, na verdade, era indiferente. Qualquer melodia saída do piano lhe provocava profundos bocejos.

Tudo era aplaudido, tudo era festejado. A poesia e a peça tocada ao piano eram movimentos marcados como em uma obra de teatro. No entanto, Albertina achou sincero o regozijo de todos em compartilhar o momento tão alegre. Gostava de estar ali e passava bem, mesmo que às vezes se ensombrecesse quando lembrava que eram suas últimas horas em 1907. Contemplava tudo, tentando gravar cada detalhe do salão, cada gesto dos convidados, os perfumes e os sabores.

A tarde fluía agradável. Albertina se ausentou para receber pela porta da cozinha Julián Romay, que vinha tirar a foto, como ela lhe pedira no dia em que fora ao estúdio. Entrou tirando a boina e apoiou a máquina com muito cuidado num canto da cozinha.

Em seguida, e sem pedir licença, tomou Albertina pela cintura e deu-lhe o primeiro beijo. Ela, pelo susto e porque descobria o sabor do desejo, sentiu que se derretia em seus braços. Um pouco mais e não voltaria ao aniversário e antes que se perdesse de vez, afastou-o com um empurrão.

— Aqui não! — disse ofegante, recompondo-se o melhor que pôde.

Sentia-se em chamas e, ao mesmo tempo, incômoda. Amou e odiou Julián. Continuava firme no propósito de buscar uma vida segundo as próprias vontades, mas ele ameaçava seus planos, porque era uma âncora em 1907. Atordoada pelo momento, nem sequer lembrou da foto que ele lhe tirara no estúdio, e que não trouxera, com a boa intenção de que ela mesma voltasse ao estúdio para pegá-la. Ainda sentindo as ondas de calor percorrerem seu corpo, ajeitou o cabelo e o vestido e pediu-lhe que se concentrasse no trabalho.

Acompanhou-o até o salão, onde ninguém esperava aquela surpresa. Dom Eusébio não quis aparecer na foto, pelo mesmo motivo de sempre. Não se sentia confortável imaginando um papel com sua imagem que jamais veria. Preferia tocar seu rosto e perceber as marcas que os anos iam deixando na pele.

Para não o deixar sozinho, os demais cavalheiros o acompanharam na decisão. No entanto, as damas aplaudiram a ideia. Rápidas como colibris, leques em mão, ajeitaram vestidos e chapéus e se prepararam para a foto. Julián disse a cada uma como posicionar-se. Quando estavam todas prontas, observou que dessa vez Albertina posava para a foto muito segura de si mesma e sem um milímetro de torpeza, ao lado da amiga, tão à vontade quanto ela. Observou que, vestindo as luvas e com o leque descansando entre os dedos sobre a saia, seus gestos desentoavam com a expressão acartonada das outras damas. Disparou o nebuloso *flash*.

Não era necessário ser fotógrafo para perceber que Albertina Belmonte e Célia Ocampo tinham uma evidente cumplicidade. Na mesma noite, ao revelar a foto, Julián viu que o olhar e o sorriso sutil de ambas carregavam segredos, e pareceu-lhe ver ares de despedida no semblante de Albertina, como se seus olhos se fixassem em um horizonte longínquo que quisesse alcançar.

Julián não estava muito longe da verdade.

33

 Quando o último casal foi embora, chegou o momento de Albertina dar seu presente a dom Eusébio. Não quis fazê-lo antes, para não ofuscar os charutos de Célia, e porque estava entretida demais com os preparativos.
 Depois de agradecer com a cerimônia usual, dom Eusébio tirou da caixa uma pequena réplica da escultura que, ela pensou, quiçá naquela época ainda não fosse tão conhecida. Seus dedos percorreram o objeto e pouco a pouco compuseram uma cena de pura vida. Resgatando a única lembrança de uma tarde na praia, reconheceu na escultura três meninas de mãos dadas para enfrentar uma onda descomunal.
 — É incrível. Não querem sair de onde estão. Preferem enfrentá-la, como tantas vezes se enfrenta o que está por vir. Nuas... os cabelos soltos... vendo a onda que vem para cima delas... Não há obstáculos para o destino que é inevitável como esta onda.
 Ela não disse nada. Dom Eusébio não pôde perceber a tristeza nem o toque de adeus em seu sorriso.
 — Assim me parece que é a vida, Albertina. Isso é a liberdade mais pura e simples da qual falávamos não faz muito

tempo. Tomar fôlego, deixar-se molhar pela onda que passa, sem oferecer resistência, e depois que se sai da água, abrir os olhos, tornar a respirar e, sentindo a brisa fresca do novo, ver o que nos é oferecido do outro lado.

Descrevia a réplica de "A onda", de Camille Claudel, como se tateasse com precisão a vida de Albertina, que enfrentara o tempo e, do outro lado, encontrara o ano 1907. Como uma das meninas da escultura, agora estava a ponto de atravessar outra onda, e teria a surpresa de abrir os olhos do outro lado, fresca, nova, soberana, pelos menos assim esperava.

Dom Eusébio estava comovido pelo presente. Prometeu tê-lo sempre ao alcance da mão, para poder "vê-lo" sempre que quisesse.

Albertina se certificou de que Célia não andava por ali. Como a ouviu batendo pratos na cozinha, esqueceu as formalidades.

— Fico feliz que tenhas gostado do presente, Eusébio. Obrigada por tudo, que termines bem o teu dia e bom descanso.

Foi o mais honesto que pôde expressar, sem atrever-se a abraçá-lo como da outra vez. Não teve coragem de despedir-se; Célia se encarregaria de dizer qualquer coisa no dia seguinte.

— Obrigada pelo presente, Albertina.

Antes de deixá-lo sozinho no salão, deu meia volta para ver o perfil daquele homem que jamais tornaria a encontrar e de quem já começava a se distanciar, a pessoa que lhe oferecera os mais lindos saraus, uma noite mágica no Solís, Sarah Bernhardt e, por acidente, Julián Romay. Levaria consigo para sempre a imagem de dom Eusébio, sentado em sua poltrona preferida com a onda no colo, tocando-a devagar com a ponta dos dedos e deleitando-se uma e outra vez com cada detalhe.

Entrou na cozinha com o olhar entristecido como na manhã das balas Kande na *Plaza Independencia* e pôs-se a ajeitar tudo com Célia. Primeiro sentaram-se para comer o que havia sobrado e brindaram com outra tacinha de licor de verbena.

— Pela nossa amizade! Que possas voltar para visitar-nos.

Lembraram entre risos o dia em que chegou à casa, sem ter a mínima pista de onde estava, e a forma como Célia a tratou no início, pensando que estava louca. Também riram de como ela havia sucumbido a um simples batom, ao pedir uma prova de que a história da amiga era verdadeira.

Já passava da meia-noite quando terminaram de arrumar tudo. O salão se encontrava em perfeita ordem, e a cozinha estava limpa e arrumada. Quando Célia guardou o último prato e Albertina fechou a última gaveta, abraçaram-se.

Não disseram nada, não havia necessidade de palavras. As duas sabiam o que a sua presença significara para ambas. Abraçadas choraram, molhando a nostalgia que se adiantava no tempo.

Albertina lembrou-se das palavras de dom Eusébio. Enfrentaria sua onda e ficaria bem. Era feliz governando-se, com as próprias ideias, e propondo-se seguir rumos sem os mandos de ninguém, apenas do próprio coração. Naquela noite partiria em busca de seu verdadeiro engaste para viver, como qualquer ser humano, a passagem do tempo como estava destinado para ela.

Foi para o quarto, lavou-se, mudou de roupa e deitou-se. O ritual cotidiano lhe dava mais segurança e lhe acalmava a ansiedade. Notou que restava muito pouco óleo na lamparina, mas não se importou, porque já não precisaria dela. Deixou que o lume a acompanhasse até que se extinguisse e depois ficou contemplando o silêncio que pouco a pouco se desenhava na escuridão. Por um segundo, teve vontade de sair correndo e refugiar-se no quarto de Célia, como faria uma irmã mais nova numa noite de tempestade. No entanto, conteve-se, porque não estava em seu destino vê-la outra vez.

Apalpou o bolso para estar certa de que tinha a foto que tirara no Teatro Solís, única testemunha que levava da aventura em 1907. Fechou os olhos e respirou fundo. Novamente, em contato com o universo, na dança íntima de suas partículas com o vazio denso, desejando um lugar seu, enfrentou o grande redemoinho e reintegrou-se num lugar desconhecido.

34

    Descobriu-se sobre a grama rebelde, num descampado. Um vento cálido com perfume de terra e água a açoitava. Levantou-se apoiando as mãos no solo molhado de chuva recente. O céu anunciava um desses dias que lutam para não ficarem sombrios. O celeste infinito disputava o espaço com nuvens brancas e acinzentadas que, por mais que passassem rápido, ameaçavam tapar o sol.

    Ao olhar para trás e a sua direita, algumas ruas salpicadas de solares interrompiam o tapete verde que se estendia diante de seus olhos. Para a esquerda, não havia nada além de terra e água. Outra vez teria que começar a descobrir uma forma de sobreviver em paisagem desconhecida.

    A respiração entrecortava-se e, ainda que menos intensa, sentia a mesma comichão no rosto de quando chegou ao jardim da quinta de dom Eusébio. Tudo o que vivera até então serviu-lhe para respirar fundo e ir desgranando uma a uma suas incertezas. Bastante aliviada, caminhou firme em direção ao povoado. Observou que, mais ao fundo, antes de chegar à beira do rio, havia uma fortificação.

Algumas crianças corriam na rua por onde Albertina entrava. Vendo a mulher que ainda longe se aproximava com passos seguros, como se estivesse chegando onde sabia que tinha que chegar, um dos meninos se afastou do grupo e foi recebê-la.

Ela, ao ver que o menino corria em sua direção, pensou que não podia ser sinal de mau agouro, mas a prova de que caíra em um bom lugar. Por isso, não se importou de fazer-lhe um par de perguntas, sem medo de parecer alienada.

— Olá. Sabes em que ano estamos? E onde?

O menino, ingênuo a ponto de tomar a pergunta com naturalidade, disse que estavam na beira do rio e que não sabia o ano, mas que vinham de Buenos Aires, e seu irmãozinho acabava de nascer. Em seguida, com a singeleza dos pequenos, disse que se chamava Joaquim e tomou sua mão sem saber para quê, nem por quê.

Albertina soube que não havia ido tão longe, se a família do menino chegara de Buenos Aires. Ao olhar para um dos lados, viu um cerro muito familiar, sem nenhuma fortificação coroando-o, porém não quis criar ilusões.

— Não faz muito tempo chegou um senhor. Ele também não sabia onde estava. Meu pai e os outros fizeram um rancho para ele, longe das nossas casas. Sai pouco de lá.

Ele apontou com o dedinho.

— Está vendo? Ali mesmo.

Era um rancho muito simples, distante do povoado, e um pequeno galpão atrás. Ficava muito perto da água, de onde se podia ver melhor a baía e o mesmo cerro no extremo oposto. Quando escutou o que o menino dizia, perguntou-lhe como se chamava o senhor.

— Roberto é o seu nome. É muito bom. Faz alguns dias, ele me curou de uma febre.

Albertina soltou a mão e saiu correndo até o rancho. Joaquim, por sua vez, seguiu-a correndo com um longo "espereeeeee!".

Custou-lhe vencer a distância. A casa estava mais longe do que parecia. Chegou sem fôlego e sozinha, enquanto o menino, que deixara de segui-la, voltava a juntar-se com os outros.

Albertina deteve-se diante da porta e bateu muito nervosa. O silêncio no interior da casa foi cortado pelo ruído de uma cadeira e passos lentos e arrastados que a deixaram em suspense. Os segundos eram séculos. Tocava a porta com as palmas das mãos, controlando-se para não a empurrar enquanto a chave dava voltas na fechadura.

A porta finalmente se abriu. A luz de fora lambeu a escuridão da casa e Albertina pôde ver o avô, muito envelhecido, carregando séculos nos ombros. O tempo deteve-se alguns segundos quando seus olhares se encontraram. Ao abraçarem-se infinitamente, tudo seguiu seu ritmo pleno de silêncio entre ambos, cortado pelo barulho da brincadeira das crianças, o vento que os fustigava, o ruído da água que chegava à margem e o canto dos pássaros que sobrevoavam o povoado.

Afundada no abraço, escutou, entre as acolhedoras batidas do coração do avô, a voz rouca que a recebia.

— *Bienvenida a San Felipe y Santiago de Montevideo.*

Só então Albertina sentiu que talvez estivesse no onde e quando que tanto lhe fizeram falta.

35

À medida que foi conhecendo a vida nos primeiros anos da cidade de *San Felipe y Santiago de Montevideo*, experimentou a sensação cada vez mais forte de pertença. Finalmente, o que tanto havia desejado. Albertina, que, uma vez, sentada na *Plaza Independencia* com Célia, perguntara-se qual era seu verdadeiro propósito na vida, descobria ali a resposta. Participava com entusiasmo de um projeto monumental, o nascimento e a construção de uma cidade esplêndida. Aos poucos, foi ajudando a tecer as filigranas de uma grande história, ao mesmo tempo que bordava a sua, agora em companhia de Roberto Belmonte. Levava a vida fazendo um grande esforço para encontrar seu lugar no cotidiano daquele pequeno canto do mundo, primeiro como aprendiz e, mais adiante, como assistente do avô.

Apesar de carregar tantos séculos nas costas, o avô Roberto conservava a lucidez intacta e teve forças para ensinar tudo o que sabia a Albertina. Não foi difícil, porque a neta já havia se apropriado de muitos conhecimentos guardados no sótão. Souberam, além disso, aproveitar cada momento juntos, agradecidos de que o universo os tivesse unido mais uma vez, e ela, feliz por ter uma segunda oportunidade de conhecer melhor Roberto Belmonte. Além das lições, falaram de vários assuntos e compartilharam lembranças. O avô contou sobre a infância no povoado mágico de San Leo e as tardes trancado no laboratório de um alquimista amigo de seu pai, que não se importava que o filho aprendesse aquela ciência. Foi com ele que, muitos anos depois, atravessou o Atlântico de barco e chegou ao pampa.

Também falou sobre suas vidas nas pregas do tempo, os dias na Capadócia na época das campanhas de Alexandre, o Grande, e a temporada como boticário em Pompéia, onde também se dedicou à fabricação de deliciosos perfumes e de onde escapou alguns dias antes da tragédia, sem que ninguém acreditasse quando avisou que a cidade desapareceria sepultada sob a lava do Vesúvio. Albertina escutava fascinada e confirmava a suspeita da origem dos presentes extravagantes que vô Roberto trazia para vó Graciana e que nela provocavam tanta curiosidade.

Devido à idade, o avô perdera a faculdade de se deslocar no tempo antes que ela chegasse àquele canto da história. Por isso não voltara e, durante muito tempo, culpou-se e se sentiu egoísta por ter vivido suas aventuras no tempo sem levar em conta que um dia poderia ficar preso em outra época. Não estava naquele lugar por escolha, mas conseguira fazer dele um lar.

Albertina também contou sobre a vida na capital depois que ele fora embora. Ficou sabendo da morte de Graciana, que lamentou, porém, tomou como algo natural àquela altura da vida. No entanto, sobressaltado pela surpresa e com um riso nervoso, afundou-se em um pranto profundo quando a neta descreveu o funeral que forjaram para ele.

— Pobre Graciana ... — foi a única coisa que se atreveu a dizer.

Ela não disse nada, porque não havia nada a dizer. Era preciso continuar vivendo e mais nada. Apenas tomou-lhe a mão ossuda com carinho. Quando se acalmou, e para aliviar o momento, fizeram contas e chegaram à conclusão de que tinha trezentos e setenta e três anos, considerando todos os confins do tempo por onde havia peregrinado. Com esse cálculo, conseguiram um tímido sorriso.

Albertina também aproveitou cada minuto com o avô para falar de seus sem-respostas. Começou pela última lembrança que tinha antes que ele desaparecesse. Lembrou-lhe que, em sua última tarde de 1976, ela o viu subir a escada do sótão dizendo "falta pouco". O avô lembrava bem daquele momento, em que ela o olhou com expressão de dúvida.

— Para que faltava pouco, vô?

Com a pergunta, Roberto pôde desabafar suas suspeitas mais profundas sobre o Universo.

— Naquele então, pensei que faltava pouco para encontrar o elixir da vida eterna, imaginando que poderia transcender o tempo habitando infinitamente o único lugar de verdade meu: o corpo. Não é preciso muito para percebermos que eu estava enganado. Olha como estão a minha pele e os meus olhos. Já não há erva nem cozido que me salve das dores nos ossos. Mas suponho que a minha energia pode continuar vibrando *ad eternum* depois que eu abandonar esta carcaça velha. Conjeturas apenas, *petisa*. Não terei como confirmar até que empreenda minha última e solitária viagem ao desconhecido, que farei sem temor.

Com um sorriso aprazível, quase ingênuo, e com as mãos trêmulas, o avô secou as lágrimas de Albertina.

— Não chores, minha filha. É a vida. Por isso, não tens
necessidade de desenhar o que está ao teu redor, se encon-
tras teu próprio umbral, aquele que te leva até o mais profundo de ti mesma. Atravessa-o e vive teu tempo. Tu podes
escolher, mais do que ninguém, onde e quando fazer que a
tua existência valha a pena.

Ela sabia que o avô tinha razão. De fato, não precisava
desenhar nada ao seu redor: atravessara seu umbral, encontrara sua verdade. Ali estava e ali queria criar raízes. Sentia
que por fim havia encontrado um engaste. Viajar no tempo
era uma bênção e um sortilégio do universo; não se deixaria seduzir mais. Viveria os anos que lhe correspondessem,
como qualquer ser humano. Era certo que não veria mais
os pais nem Florêncio, mas esse era o preço de sua decisão,
estava disposta a pagá-lo e não pensava mudar de ideia.

Outra tarde, quando descansava, depois de uma longa
aula sobre as propriedades das ervas, Albertina animou-se a
perguntar como havia conhecido a avó. Suspeitava que esse
encontro era uma grande história, muito diferente da que
inventara durante os anos da infância, com a travessia a cavalo e vó Graciana com o vestido vermelho de lantejoulas.
Essa história forjada para explicar o achado na mala debaixo
da cama, quando ainda moravam no campo, continuou po-
voando sua imaginação, inclusive já adulta. Sabia que aquela
versão não era a verdadeira, mas no fundo considerava que
sempre seria uma grande aventura.

Vô Roberto contou-lhe tudo. Entre outros detalhes,
soube que, em Buenos Aires, aonde ia com frequência para
comprar ingredientes para suas fórmulas, vó Graciana entre-
tinha homens para ter o que comer, até que se conheceram.

Por isso, numa época, ele começou a ir mais seguido. Apaixonara-se e pagava horas e mais horas para passar noites ou tardes inteiras com ela. Isso explicava o vestido de lantejoulas vermelhas. Fora uma mulher amarrada às circunstâncias e ainda que tenha passado bons momentos e vivido rodeada de luxos, não foi escolha sua.

Agora se dava conta de tantas coisas... Ao contrário dela, que sentia que a salvação estava em manter-se sozinha, Graciana se salvou ao unir-se a Roberto. "Pobre vó", pensou. Quantas vezes a forçara a falar, e ela, sempre firme, soube guardar silêncio, talvez por vergonha. Mesmo que não fosse necessário, perdoou-a e continuou amando-a como sempre.

Albertina escutou com pena tudo o que o avô ia contando. Quase preferia sua história inventada, mas o relato verdadeiro lhe provocou uma profunda compaixão e um enorme respeito por aquela mulher. Por isso jurou, pela memória da avó, que continuaria sendo dona do próprio destino e suas vontades. Mesmo que tivesse escolhido um momento da história em que o molde era ainda mais estreito para as mulheres, continuaria sozinha, levando sempre com ela a recordação de Julián Romay. Sua existência nunca dependeria de nenhum papel designado às mulheres por tradição. Não era esposa. Não era mãe. Podia viver com as próprias regras, sem pensar que sua liberdade pudesse transformar-se na causa de outras. Isso demoraria a chegar. Além disso, tinha um enorme respeito por todas as mulheres do povoado, que eram fortes e enfrentavam uma vida muito dura pensando em um futuro melhor. Sabia que era assim. Ela as via na rua, cuidando de suas casas quando visitava alguma criança doente. Eram mulheres importantes que, mesmo sem serem consideradas pela maioria dos futuros livros escolares, ocupavam-se de encaminhar a história junto aos seus homens e com a mesma coragem. Aos poucos, vivendo de seu jeito, assumiu o lugar do avô. Quando chamavam o *Brujo Roberto* para atender alguém, e ele se sentia muito cansado, da cama, pedia para Albertina.

— Vá a senhorita, minha filha. Já pode se encarregar sozinha.

Então ela ia, satisfeita, carregando a maletinha gasta do avô. Punha em prática todos os ensalmos aprendidos. Curava e aconselhava. Sentia-se madrinha de todas as crianças que ajudava a nascer. A fé nela veio primeiro por herança, e depois pela confiança do povoado, que soube conquistar. Por ser neta do *Brujo Roberto*, as crianças a chamavam *Mamá Bruja*, um apelido que depois os adultos também começaram a usar e que, finalmente, ela mesma acabou adotando.

36

    Três anos mais tarde, Albertina perdeu irremediavelmente a foto no Teatro Solís. Estava apoiada no parapeito de uma das janelas de sua casa, olhando-a e perdendo-se no horizonte das recordações, como fazia vó Graciana, quando uma ventania a arrancou de sua mão. Correu pelo jardim e desceu a rua embarrada que levava até a beira do rio, mas não pôde alcançá-la. Sua imagem apagou-se para sempre ao cair nas águas sépia do Rio da Prata.

    Voltou pelo mesmo caminho, afundando os sapatos nas pegadas que havia deixado na corrida até o rio, sujando de lama a barra do vestido preto. Chorou lágrimas quentes, que esfriavam com o mesmo vento que lhe tirara a única recordação de 1907. Fechou-se em casa para continuar chorando pela foto perdida, e por vô Roberto, que morrera quatro dias antes, depois de ter vivido trezentas e setenta e seis primaveras.

    A foto que Albertina tirou vestindo nada além de um colar de pérolas também se perdeu. Quebrando a promessa, Célia contou o segredo a Julián, quando este apareceu na quinta trazendo a foto do aniversário, como pretexto para vê-la. Sua ausência o amargurava, pois não fora ao estúdio por essa nem pela do colar de pérolas. Julián ouviu tudo como se aceitasse que era possível deslocar-se no tempo, como se de verdade aquela mulher fosse do ano de 1976 e Célia não estivesse louca. Por não saber o que dizer, agradeceu, deixou com ela a foto do aniversário (a única que sobreviveu ao tempo), deu meia volta e foi embora apertando os punhos dentro dos bolsos. Quando chegou ao estúdio, num ataque de fúria, Julián Romay rasgou em mil pedaços a imagem de Albertina com o colar de pérolas, porque ela não estava e porque não aceitava de forma alguma o motivo que acabava de escutar. Como Célia podia pensar, louca ou não, que ele acreditaria naquela história?

Na noite de vinte e nove de julho de 1976, poucos dias depois de sua primeira viagem no tempo, e logo depois de ter estado costurando sem parar dia e noite, Albertina desapareceu para sempre. Na manhã seguinte, Gertrudes não a encontrou terminando o café da manhã, e o almoço que deixou na mesa ao lado do quartinho de costura esfriou.

No meio da tarde, quando foi recolher a bandeja, Gertrudes abriu a porta do quartinho e estava vazio (por isso a filha não respondera quando deu umas batidas de leve na porta para avisar que o almoço estava servido). Então pensou que estaria no sótão, e quando subia a escada, viu um detalhe que não havia notado antes: a chave deixada do lado de fora na fechadura. Sentiu um calafrio. Estava assim quando Roberto desapareceu. De todo jeito, bateu, caso tivesse sido um esquecimento de Albertina, e como não obteve resposta, abriu a porta. O sótão também estava vazio e não a viu sair, nem dali, nem de casa. Impossível não evocar Roberto Belmonte, o funeral de puro teatro e a crueldade de chorar uma morte incerta. Em um instante, a inquietude se transformou em desespero, porque, como toda mãe, pressentia que o silêncio e a ausência de Albertina não podiam ser boa coisa.

Gertrudes foi até o pequeno altar no quarto. Acendeu uma vela para Santo Expedito, o santo das causas impossíveis, pedindo pela filha. O terço que pendia de suas mãos unidas tremia. Não conseguia concentrar-se.

"*Meu Santo Expedito das causas justas e urgentes...* Onde se enfiou esta menina? Espero que não esteja em nenhuma encrenca... *socorrei-me nesta hora de aflição e desespero...* Tudo isso por ter-se metido com as ciências estranhas de Roberto. Jamais deveria ter permitido... *Protegei-me, ajudai-me, dai-me força, coragem e serenidade...* Ai, que esteja no antiquário e que apareça antes que Mário chegue... *atendei meu pedido com urgência...*"

Não conseguiu terminar. Fez o sinal da cruz pedindo com todas as suas forças que a ajudasse a descobrir o paradeiro de Albertina e que a trouxesse de volta. Em seguida, telefonou para Florêncio. Ele não respondeu.

Gertrudes não demorou em ouvir a porta da rua. Muito antes do habitual, Florêncio chegou em casa ofegante, chamando-a desde o corredor de entrada, por onde passou correndo depois de fechar a porta com uma batida forte. Dirigiu-se à cozinha, de onde escutara a mãe, que lhe respondia com a voz esperançosa e uma xícara de chá de camomila e cidreira.

Mãe e filho se encontraram com o olhar, e por alguns segundos só escutaram o pêndulo do relógio, que na sala continuava embalando os minutos sem pressa.

— Sabes alguma coisa de Albertina? Não está em nenhum lugar.

— Por isso vim, mãe.

Naquela tarde, Florêncio arrumava uma caixa com vários porta-retratos que colocaria à venda no antiquário, quando teve uma surpresa. De todos os que tirara para escolher quais deixaria na vitrine, somente um trazia foto.

Florêncio estendeu-o à mãe. Gertrudes pegou-o sem entender. Seus olhos pousaram sobre cada uma das damas que se apresentavam vestidas com elegância e em sua melhor pose. A última das oito mulheres, com saia, blusa e luvas, sentada e com um leque descansando no colo, era Albertina.

Pensou que desmaiaria, e Florêncio teve que segurá-la por um momento. Faltava-lhe a respiração. A foto impunha uma distância cruel entre as duas. A filha era de repente inalcançável, tanto como uma explicação lógica para sua presença numa cena de princípios do século XX.

— Mas como!?

Gertrudes não podia acreditar no que seus olhos enxergavam. A estupefação matara todas as palavras. Olhava para Florêncio e voltava para a foto, repetidas vezes. Ele não dizia nada, porque também não encontrava uma explicação. Somente observava o desespero da mãe, esperando ver uma faísca de lucidez, qualquer coisa que explicasse por que a irmã se encontrava em uma foto do início do século XX, entre damas desconhecidas.

Mães sabem, mães intuem. Ela soube nesse instante. Sem nunca ter se aventurado no sótão, confirmava a suspeita de que Roberto e Albertina possuíam a mesma habilidade de visitar outros tempos. Graciana também sabia, pensou, por isso tantas vezes ouviu-a dizer que o tempo lhe roubara Roberto. Era inegável que a filha herdara a faculdade do avô. A prova estava em suas mãos, e pela primeira vez, teve coragem de dizer em voz alta o que sempre temera.

— Tua irmã viaja no tempo, filho. Teu avô também viajava.

Florêncio empalideceu de repente e teve que sentar-se numa banqueta. Seu silêncio ecoou nos azulejos da cozinha, revelando um enorme vazio de pensamentos, uma mistura de dúvida e respeito pela mãe, por seu desespero ou loucura. Ainda não tinha certeza.

De repente, Gertrudes se sentiu ferida, tanto como se sentira Graciana. O tempo roubara sua filha. Por que a sogra jamais dissera que, ao dar-lhe a chave do sótão, corria esse risco? Por que Albertina nunca contou que iria para o passado? A menina não disse nada, nem sequer quando passou dias e noites costurando o vestido que agora, olhando bem a foto, reconhecia na moça sentada ao seu lado.

Em sua indignação tão profunda, foi capaz de sentir alívio. A foto era a prova de que Albertina não havia desaparecido pelas circunstâncias cruéis daquela época tão escura, em que ela não conseguia entender o mundo nem distinguir os bons dos maus, e na qual apenas sabia que as pessoas, sem importar seus valores, desapareciam.

Entendeu, por esses mistérios da maternidade, que o elo que a unia à filha não se partira. Era uma sensação estranha... Albertina, mesmo que tão distante, ainda lhe pertencia. A filha estava viva, em outro lugar e em outra época. Soube que todos os tempos, presente, passado e futuro, eram a essência mais pura do amor de mãe. Mesmo sem poder adivinhar que a filha havia ido ainda mais longe, e sem saber se tornariam a encontrar-se algum dia, aquela foto reconfortou-a.

De repente pensou em Mário. O que diria? A verdade. Mostraria o que tinha nas mãos. Tudo parecia tão ilógico que ele não poderia argumentar nada. Se dissesse que

Albertina estava na foto por culpa do feminismo, ela riria. Se ficasse bravo e começasse a vociferar impropérios, ela o deixaria falando sozinho. Por sorte, a filha não escutaria. Um pouco mais tranquila, permitiu-se admirar a filha, a beleza de seu semblante. Albertina posava para a foto orgulhosa de sua aventura, serena e radiante. Ao fim e ao cabo, não se saíra tão mal: criara uma mulher que buscou seu caminho e experimentou as próprias vontades sem travas. Entre tantas sensações desencontradas e conclusões impactantes, conseguiu sobrepor-se ao desconcerto e ficou feliz por ela.

Pediu licença a Florêncio para ficar com a foto. Levou-a para o quarto e a colocou no altar, junto com a imagem de Santo Expedito. Bem ou mal, ele havia cumprido. Só então Gertrudes deixou cair as lágrimas e agradeceu pela graça concedida.

Agradecimentos

*Não posso deixar de mencionar aqueles que me
acompanharam ao longo desta criação, tornando-a
uma aventura ainda mais rica. Assim, agradeço a
Lúcio Feliciate e a Alekxis Prinz, que me propiciaram
materiais de pesquisa e estiveram à disposição para
consultas. A Mario Delgado Aparaín, pelas inestimáveis
reflexões e pelos comentários críticos. A Renata Wolff
e a Paulo Monteiro Ferraz, que, com sua leitura
criteriosa, deram-me preciosas sugestões. Agradeço
também a Gabriella Servetti, sempre ao meu lado;
a José Eduardo Ardenghi, por seu apoio incondicional
e, especialmente, a Henrique e a Olivia, que foram
generosos e souberam compartilhar-me
com Albertina Belmonte.*

IMPRESSÃO:

PALLOTTI
GRÁFICA

Santa Maria - RS | Fone: (55) 3220.4500
www.graficapallotti.com.br